王晋康少儿科幻

可爱的
机器犬

王晋康 著

科学普及出版社
·北 京·

图书在版编目（CIP）数据

可爱的机器犬 / 王晋康著；颜实主编 . —北京：
科学普及出版社，2018.1
（王晋康少儿科幻系列）
ISBN 978-7-110-09702-1

Ⅰ.①可… Ⅱ.①王… ②颜… Ⅲ.①科学幻想小说
—小说集—中国—当代 Ⅳ.① I247.7

中国版本图书馆 CIP 数据核字（2017）第 300784 号

策划编辑	王卫英	杨虚杰
责任编辑	王卫英	符晓静
装帧设计	中文天地	
责任校对	焦　宁	
责任印制	徐　飞	

出　　版	科学普及出版社
发　　行	中国科学技术出版社发行部
地　　址	北京市海淀区中关村南大街16号
邮　　编	100081
发行电话	010-62173865
传　　真	010-62173081
网　　址	http://www.cspbooks.com.cn

开　　本	880mm×1230mm　1/32
字　　数	88千字
印　　张	5.375
版　　次	2018年1月第1版
印　　次	2018年1月第1次印刷
印　　刷	北京盛通印刷股份有限公司
书　　号	ISBN 978-7-110-09702-1 / I·515
定　　价	28.00元

（凡购买本社图书，如有缺页、倒页、脱页者，本社发行部负责调换）

目 录

可爱的机器犬

　　我的机器犬代理销售公司办得很红火，既经营名贵的宠物犬和导盲犬，也有比较大路货的看家犬和牧羊犬，一色的日本产品，制造精良，质量上乘，用户投诉率仅有 0.01%。不过，就是这微不足道的 0.01%，使得张冲经理（就是我）几乎走了一次麦城。

　　这事得从巴图的一次电话开始说起。巴图是我少年时在草原夏令营结识的铁哥们儿，如今已长成剽悍的蒙古大汉，脸色黑中见红，声音如黄钟大吕。他说他在家乡办的牧场很是兴旺，羊群已发展到 3000 多头。又夸他的几只牧羊犬如何通人性，有赛虎、尖耳朵、小花点……

这话当然挠着我的痒处了，我说你老土了不是？脑筋太僵化，现在已跨进 21 世纪了，竟然还不知道使用机器犬？机器犬的优点是无可比拟的，它们一次购置后就不再需要运行费用，用起来可靠、方便，而且几乎是万能的。这么说吧，你就是让它为你揩屁股它都会干，只要输进去相关程序。还有——我经销的都是最上乘的日本原装货！

巴图在屏幕上怀疑地盯着我——当然不是怀疑他的哥们儿，而是面对"商人"的本能怀疑。他淡不唧地撂了一句：都知道是美国的电脑最棒，不是日本。我讽刺道，行啊哥们儿，能说出这句话，说明你对什么是机器人还有最起码的了解。但机器人毕竟不是电脑，两者还是有区别的。告诉你，日本的机器人制造业世界领先，这是公认的。

巴图直撅撅地说，你在说机器犬，咋又扯到机器人身上？

这家伙的冥顽不灵真让我急眼了，我说你这人咋咬着屎橛打转转？两者的机理和内部构造完全一样嘛，区别不过是：两条腿——四条腿，没尾巴——有尾巴。不要忘了，你的嘴里还长有两颗"犬"齿哩。

巴图忽然哈哈大笑：我是逗你哩，你先送过来一个样品吧，不过，必须你亲自送来。

我损他：单单一条机器狗的生意，值得我从青岛飞到内蒙古？不过说归说，我知道他的良苦用心。他几次诚心邀我去草原玩，我都忙于俗务不能脱身。我说："好吧，听说嫂嫂乌云其其格是草原上有名的美人，你一直金屋藏娇，还没让我见过一面哩，冲着她我也得去。"

于是，第二天晚上我就到了碧草连天、羊群遍地的内蒙古草原，到了巴图家——不过不是蒙古包，是一辆身躯庞大的宿营车。夕照中羊群已经归圈，男女主人在门口笑脸相迎。乌云其其格确实漂亮，北地的英武中又有南国的妩媚，难怪巴图把她捧在手心里。晚上，巴图和我大碗地喝着酒，装着机器犬的长形手提箱卧在我的脚旁。蒙古人的豪饮是有名的，我也不孬，那晚不知道灌了几瓶进去。巴图大着舌头说："知道我为啥把你诓来？当哥的操心你的婚事，已经小三十了还是一条光棍。这次非得给你找一个蒙古妻子，不结婚就不放你走！"我也大着舌头说："你把草原上最漂亮的姑娘已经抢走了，叫我捡次等品？不干！"

从这句话里就知道我并没醉到家——这句高级马屁拍得乌云其其格笑容灿烂，抿着嘴为我们送上手抓羊肉和奶茶。后来，我想到来牧场的正事，就打开提箱盖，得意地说，看看本公司的货吧，看看吧。提箱内是一条熟睡的形似东洋狼狗的机器犬，我按了一下机器犬耳后的按钮，JPN98立即睁圆了眼睛，尾巴也唰地耸起来。它轻捷地跳出箱子，摇着尾巴，很家常地在屋内转了一圈，先舔舔我的手（我是它的

第一主人），再嗅嗅巴图夫妻的裤脚，把新主人的气味信息存入大脑。

乌云其其格喜道，"和真的牧羊犬一样！看它的样子多威武！多可爱！"我自豪地说，怎么样？值不值两万元？今晚就把你的尖耳朵小花点赛虎赛豹的全锁起来，让它独自出去值夜，准行。巴图说你敢保险？大青山上真有那么几只野狼哩。我拍着胸脯说，"有什么损失我承担！"巴图又拍着胸脯说，"你把哥哥看扁了，钱财如粪土情意值千金，3000只羊全丢失我也不让你赔！"

不知道我们仗着酒气还说了什么话，反正俩人把JPN98放出去后就出溜到地毯上了。第二天，有人用力把我摇醒，怒声说，看看你的好狗！我摇摇晃晃地走出来，在晨光中眨巴着眼睛，看见铁链锁着的几条牧羊犬同仇敌忾地向我的JPN98狂吠，而JPN98用吠声回击着，一边还护着它腹下的一只……死羊！

我脑袋发木，呆呆地问，"昨晚狼来了？要不，是你的牧羊犬作的孽？你看JPN98多愤怒！失职啊，它怎么没守住……"

巴图暴怒地说："不许污蔑我的狗！是你的JPN98干的，乌云其其格亲眼看见了！"乌云其其格垂着目光，看来很为客人难为情，但她最终肯定地点点头。我的脑子刹那间清醒了，大笑道，"巴图，哥儿们，我经营这一行不是一天两天了，过手的牧羊犬起码有几百条。哪出过这么大的纰漏？不要说了，我一定把这档儿事弄清，哪怕在你家耗上三年哩，只要嫂子不赶我走。"

乌云其其格甜甜地笑着说："我家的门永远为远方的兄弟敞开着。"

我安慰气恼的巴图："别担心，即使真是它干的，也不过是程序上出了点小差错——比如是把'惩罚挡'（对多次不守纪律的羊只进行电击惩罚）的程度定得高了一点，稍加调整就成。兄弟我不仅是个商人，还是个颇有造诣的电脑工程师，干这事小菜一碟。"

那天，在我的坚持下，仍由JPN98独自驱赶着羊群进了草原深处，我和巴图则远远跟在后边用望远镜观察。不久，巴图就露出满意的笑容，因为JPN98的工作实在是无可挑剔。它知道该把羊群往哪儿的草场领；偶尔有哪只羊离群，它会以闪电般的速度——远远超过真的牧羊狗——跑过去，用威严的吠声把它赶回来；闲暇时它还会童心大发，翻来滚去地同小羊玩耍。羊群很快承认了这个新管家。我瞧瞧巴图，他是个直肠子驴，对JPN98的喜爱已经明明白白写在脸上了。

晚上JPN98气势昂扬地把羊群赶回羊圈，用牙齿扣上圈门，自己留在圈外巡逻。我们照旧把其他的牧羊犬锁起来。

月色很好，我们趴在宿营车的窗户上继续监视着。JPN98 一直精神奕奕——它当然不会累，它体内的核电池够用 30 年哩。快到夜里 12 点了，我的眼睛已经发涩，打着呵欠说，你信服没有？这么一条好狗会咬死你的羊？

巴图没有反驳。乌云其其格送来了奶茶，轻声说："昨天它就是这个时候干的，我唤不醒你俩，只好端着猎枪守到天明——不过从那一刻后机器犬再没作恶。"乌云其其格的话赶跑了我的睡意，我揉揉眼睛，又把望远镜举起来。恰恰就在这个时刻，准确地说是 23 点 56 分，我发现 JPN98 忽然浑身一抖——非常明显地一抖，本来竖着的尾巴唰地放下来，变成了一条拖在地上的毛蓬蓬的狼尾。它侧耳听听这边屋内的动静，双目荧荧，温顺忠诚已经一扫而光，代之以狼的凶残野性。它蹑脚潜向羊圈，老练地顶开门栓。羊群似乎本能地觉察到了危险——尽管来者是白天已经熟悉的牧羊犬——恐惧地哀叫着，挤靠在一起。JPN98 盯着一只羊羔闪电般扑过去，没等我们反应过来，它已咬着羊羔的喉咙拖出羊圈，开始撕扯它的腹部。

巴图愤怒地抄起猎枪要冲出去，事到临头我反倒异常镇静。我按住巴图说："甭急，咱们干脆看下去，看它到底会怎样。再说它的合金身子刀枪不入，你的猎枪对付不了它。"巴图气咻咻地坐下了，甚至不愿再理我。

我继续盯牢 JPN98。它已经撕开小羊的肚皮，开始要美餐一顿——忽然又是明显地一抖，那根拖在地上的狼尾巴唰地卷上去，还原成狗尾。它迷惑不解地看看身边的羊尸，忽然愤怒而痛楚地吠叫起来。

我本来也是满腔怒火，但是很奇怪，一刹那间，对月悲啸的 JPN98 又使我充满了同情。很明显，它的愤怒和迷惑是完全真诚的。它就像是一个梦游者，根本不知道自己刚才干了些什么。不用说，这是定时短期发作的电脑病毒在作怪。巴图家的牧羊犬都被激怒了，狂怒地吠叫着，扯得铁链豁朗朗地响。它们都目睹了 JPN98 的残暴，所以它们的愤怒有具体的对象；而 JPN98 的愤怒则显得无奈而绝望。

我沉着脸，垂着目光，气哼哼地拨通了大宇株式会社的越洋电话。留着仁丹胡的老板大宇共荣在甜梦中被唤醒，睡眼惺忪，我把愤怒一股脑儿泼洒过去："你是怎么搞的？给我发来的是狗还是狼？贵公司不是一向自诩为质量可靠天下第一吗？"

在我的排炮轰击中，大宇先生总算问清了事情的缘由，他边鞠躬边礼貌谦恭地说："我一定尽快处理，请留下你此地的电话号码。"我挂上电话，看看巴图，这愣家伙别转脸不理我。女主人看看丈夫的脸色，乖巧地劝解道：你们都休息吧，尽坐着也没用。我闷声说我不睡！我张冲啥时丢过这么大的

人？你再拿来一瓶伊犁特曲，我要喝酒！

我和巴图对坐着喝闷酒，谁也不理谁。外边的羊群已恢复了安静，JPN98"化悲愤为力量"，用牙齿重新锁上圈门，更加尽职地巡逻。要说日本人的工作效率真高，4个小时后，也就是朝霞初起时，越洋电话打回来了。大宇先生真诚地说，他的产品出了这样的问题，他非常非常的不安。不过问题不大，马上可以解决的。他解释道：

"是这么回事。在张先生向我社定购100只牧羊犬时，恰巧美国阿拉斯加州环境保护署也定购了100只北美野狼。因为该地区的天然狼数量太少，导致驯鹿的数量骤减——知道是为什么吗？这是因为，狼虽然猎杀驯鹿，但杀死的主要是病弱的鹿。所以，没有狼反倒使鹿群中疾疫流行。这是生态系统互为依存的典型事例——鄙社为了降低制造费用，把狼和牧羊犬设计为相同的外形。对不同的订货要求，只需分别输入'狼性'或'狗性'程序即可。这是工业生产中的常规方法，按说不存在什么问题，但问题恰恰出在这儿。由于疏忽，工厂程序员在输入'狼性程序'时多输了一只，这样发货时就有了101只狼和99只狗——不必担心狼与狗会混淆，因为尾巴的上竖和下垂是极明显的标志。于是，程序员随机挑出一条狼，用'狗性程序'冲掉了原先输入的'狼性程序'。但是，由于某种尚未弄清的原因——可能是'狼性'天然比'狗性'强大吧（大宇先生笑道），'狼性程序'竟然保留下来，转化为潜伏的定时发作的病毒，在每天的最后 4 分钟发作而在零点时结束。这种病毒很顽固，现有的杀毒软件尚不能杀灭它……"

我打断了他的解释："好啦，大宇先生，我对原因不感兴趣，关心的是如何善后，我已经被用户扣下来做人质啦。"

大宇说："我们即刻空运一只新犬过去，同时付讫两只死羊的费用。不过，新犬运到之前，我建议你把 JPN98 的程序稍做调整，仍可继续使用。调整方法很简单，只需把它的体内时钟调慢，使其一天慢出来 4 分钟，再把一天干脆规定为 23 小时 56 分，就能永远避开病毒的发作。"

"你是说让 JPN98 永远忘掉这 4 分钟？把这段'狼'的时间设定为不存在？"

"对，请你试试，我知道张先生的技术造诣，这对你来说是驾轻就熟的。"

虽然我对这次的纰漏很恼火，但作为技术人员，我暗暗佩服大宇先生的机变。我挂断电话，立马就干。到门口唤一声 JPN98，它应声跑来，热情地对着每个人摇着尾巴，一点儿都不在意主人的眉高眼低。我按一下电源，它立即委顿于地，20 分钟后我做完了调整。

"好啦，万事大吉啦，放心用吧。"我轻松地说。

　　巴图和妻子显然心有疑虑，他们怕 JPN98 的"狼性 4 分钟"并没真的消除。于是，我在这儿多逗留了 3 天。3 天后，巴图夫妻对 JPN98 已经爱不释手了。它确实是一条精明强干、善解人意的通灵兽。它的病症也已根除，在晚上零点时（也就是它的 23 点 56 分时），它仍然翘着尾巴忠心耿耿地在羊群外巡视，目光温顺而忠诚。奇怪的是，尽管羊群曾两次目睹 JPN98 施暴，但它们很快接受了它，是它们本能地嗅到它恢复了狗性？乌云其其格说，留下它吧，我已经舍不得它了。巴图对它的"历史污迹"多少心存芥蒂，但既然妻子发了话，他也就点了头。

　　好了，闲话少叙。反正这次草原之行虽有小不如意，最后仍是功德圆满。巴图和妻子为我举办了丰盛的送别宴会，我们喝得眼泪汪汪的，大叹"相见时难别亦难""人生不相见，动如参与商"等。巴图还没忘了给我找老婆那个茬儿，说兄弟你放心！我一定找一个比乌云其其格还漂亮的姑娘给邮到青岛去。

　　JPN98 似乎也凭直觉知道我要离去，从外边进来，依依不舍地伏在我膝下。我抚摸着它的背毛，想起那两只可怜的羊羔，就对巴图说："哥儿们，JPN98 害死了你的两只羊羔，我向你道歉，我马上就把大宇会社的赔偿金寄来。尽管这样，我还是很抱歉，非常非常抱歉。"巴图瞪着我说："你小子干嘛

尽说这些没油盐的话？再不许说一个赔字……"

我们的互相礼让被 JPN98 打断了。从听到我说第一个"道歉"时，它就竖起了耳朵。以后听到一声"抱歉"，它的脊背就抖一下。等听到第三声时，它已经站起来，生气地对我吠叫。那时我的脑袋已不大灵醒了。喝酒人的通病就是这样，喝下的酒越多，越是礼貌周全君子谦谦。我自顾说下去："那不行，义气是义气，赔偿是赔偿——JPN98 别叫！让最好的朋友受了损失，我能心安吗？我诚心诚意向你道歉——JPN98 你干什么呢？"

JPN98 已经拽着我的裤脚奋力往外扯，两只忠诚的狗眼恼怒地盯着我。三人中只有乌云其其格没喝晕——其实我也灌了她不少——机敏地悟到是怎么回事，她惊喜地叫一声："哈，JPN98 还挺有自尊心哩，挺有原则性哩。"

她向两个醉鬼解释："知道它为什么发火吗？它觉得受了天大的冤枉。你说它杀死了两只羊羔，但它根本不记得它干过，能不生气吗？"倒也是，那只能怪它体内的病毒，确实怪不得它呀。我醉眼蒙胧地说：真的？那我倒要试一试。我站起来，对巴图行了个日本式的 90 度鞠躬，一字一句地说——同时斜睨着 JPN98："巴图先生，我为 JPN98 的罪行正式向你道歉——"

JPN98 暴怒地一跃而起，把我扑倒在地，锋利的钛合金牙齿在我眼前闪亮。巴图和妻子惊叫一声——但是不要紧！我看得出，它的目光仍是那么忠诚，只是多了几许焦灼和气恼，像是对主人"恨铁不成钢"的样子。

我恼羞成怒，大喝道："王八羔子，给我趴下！"它立即从我身上下去，乖乖地趴下，委屈地斜睨着我。"过来！"它立即向前膝行着，信任地把脑袋向我伸过来。我叭地摁断了它的电源，拎起来扔到提箱中，沉着脸说，实在抱歉，只有拎回去换条新的了。你看它的错误一次接一次，谁知以后还会闹出什么新鲜招式哩。

乌云其其格已经笑得格格的，像个 15 岁的小姑娘。"不，不，"她嚷道，"留下它吧，这算不得什么错误，只是自家孩子的一点儿小脾气。我看它蛮有个性的，蛮可爱的。留下它吧，巴图，你说呢？"

她央求地看着丈夫——这是做给我看的，实际我早知道这儿谁当家。巴图很像个当家人似的，一挥手说，好，留下了！

我多少带着担心回到了青岛。10 天后我要通了巴图的电话，他到盟上办事去了，乌云其其格欢欢喜喜地说，JPN98 的状态很好，羊群都服它的指挥，真叫我们省心了，多谢你送来这么好的机器犬。

它的那个怪癖呢？乌云其其格笑道，当然还是那样。俗话说，"江山易改本性难移"，到现在它还是听不得"道歉"这两个字，一听就急眼，就吠个不停，甚至扑上来扯我的衣袖。真逗，我们没事常拿它这点怪癖逗乐，百试百灵。

我停了停，佯作无意地问："那它的'狼性4分钟'病毒还发作过吗？我想没有吧。"

乌云其其格说："当然没有，你不说我们真把这事给忘啦。JPN98彻底'改邪归正'了，它现在一天24小时都是忠诚温顺的牧羊犬。大宇先生赔的新犬你就留下吧，JPN98我肯定不换了。"

她又问一番我的婚事，挂了电话。自那之后我们又互通了几次电话，听得出巴图夫妻对JPN98越来越满意、越来越亲昵，我也就彻底放心了。你看，虽然中间出了点小波折，但总的来说大宇的产品确实过硬，服务诚实守信，真是没的说。

我只是在半年后做过一个噩梦，梦见JPN98体内被我调校过的时间竟然复原了，因此在深夜23点56分时它悄悄潜入宿营车，对着乌云其其格露出了白牙……我惊出一身冷汗，翻身而起，急忙把电话打过去。巴图不耐烦地说，"瞎琢磨什么呀，JPN98正在羊圈旁守卫呢，你真是杞人忧天。睡吧，想聊天也得等天亮。"听见乌云其其格睡意浓浓的、很甜美的嗓音："谁呀，是张冲兄弟么？"巴图咕哝道，"不是他还能是谁，肯定是喝酒喝兴奋了，排着队给外地朋友打电话呢。"然后电话叭的一声挂断了。

我也放心入睡了，很快又接续上刚才的梦境。梦境仍不吉祥——我梦见自己正在向巴图道歉（为了乌云其其格的死），JPN98照旧愤怒地阻止我。虽然它翘着尾巴，目光中也恢复了牧羊犬的愚忠，但两排钛合金利牙上尚有鲜血淋漓。以后的梦境很混乱。我找来巴图的猎枪想射杀它，又想到子弹奈何不了它的合金躯体。正彷徨间，颈部血迹斑斑但面容仍妩媚娇艳的乌云其其格急急扑过来拉住我的手，说这不能怪它呀，它是条好狗只是得了疯病，你看我被咬死了也不怪它。我气鼓鼓地说："那好，连你都这样说那我不管了。"便向一边倒头就睡。我真的睡熟了，不过第二天早上发现枕头上有一大片泪渍。

天　火

　　熬过五七干校的两年岁月，重回大寺中学物理教研室。血色晚霞中，墙上的标语依然墨迹淋漓，似乎是昨天书写的；门后的作息时间表却挂满了蛛网，像是前世的遗留。

　　我还是我吗？是那个时乖命蹇、却颇以才华自负的物理教师吗？

　　批斗会上，一个学生向我扬起棍棒，脑海中白光一闪——我已经随着那道白光跌入宇宙深处了，这儿留下的只是一副空壳。

　　抽屉里有一封信，已经积满灰尘，字迹柔弱而秀丽，像是女孩的笔迹。字里行间似乎带着慌乱和恐惧——这是一刹那中我的直觉。

"何老师：

　　我叫向秀兰，五年前从你的班里毕业，你可能

不记得我了……"

我记得她，虽然她是一个无论学业、性格、容貌都毫不出众的女孩，很容易被人遗忘。但"文化大革命"期间她每次在街上遇到我，总要低下眉眼，低低地叫一声"何老师"，使我印象颇深。那时，喊老师的学生已不多了。

"……可是你一定记得林天声，你最喜欢他的，快来救救他吧……"

林天声！

恐惧伴随着隐痛向我袭来。我执教多年，每年都有几个禀赋特佳的天才型学生，林天声是其中最突出的，我对他寄予厚望，但也有着深深的忧虑，因为最硬的金刚石也往往是最脆弱的，常常在世俗的顽石上碰碎。

我记得林天声脑袋特大，身体却很羸弱，好像岩石下挣扎出来的一棵细豆苗。性格冷漠而孤僻，颇不讨人喜欢，与他的年龄极不相符。实际上，我很少看到他与孩子们凑群，总是一个人低头踱步，脚尖踢着石子。他的忧郁目光常使我

想起一幅"殉道者"的油画——后来我知道他是一个"可教子女"（注：这是当时的常用语，即"可以教育的子女"的简称），他父亲是著名的右派，1957年自杀了。于是，我也就释然了，他实际上是用这层甲壳来维持自己的尊严的。

他的学业并不十分突出，如果不是一次偶然的发现，我完全可能忽略这块璞玉。物理课上，我常常发现他漠然地注视着窗外，意态游移，天知道在想些什么。偶尔他会翻过作业本，在背面飞快地写些什么，过一会儿又常常把它撕下来，揉成纸团扔掉。

一次课后，我被好奇心驱使，捡起他刚扔掉的一个纸团，摊开。纸上是几行铅笔字，字迹极潦草，带着几分癫狂。我几乎难以相信这是他的笔迹，因为他平时的字体冷漠而拘谨，一如他的为人。我费力地读着这几行字：

"宇宙在时间和空间上是无限的（否则在初始之前和边界之外是什么？），可是在我们之前的这一'半'无限中，宇宙早该熟透了，怎么会有这么年轻的星系、年轻的粒子、年轻的文明？

"我相信震荡宇宙的假说，宇宙的初始是一个宇宙蛋，它爆炸了，飞速向四周膨胀，现在仍处于膨胀状态。亿兆年之后，它在引力作用下向中心跌落，塌缩成新的宇宙蛋，周而复始，万劫不息。

"可是我绝不相信宇宙中只有一个宇宙蛋！地球中心说和太阳中心说的新版！'无限'无中心！逻辑谬误！"

这儿是几个大大的感叹号，力透纸背，我似乎感受到他写字时的激扬。下面接着写道：

"如果爆炸物质以有限的速度——即天文学家所说的红移速度，它的绝对速度应该小于光速——膨胀，那么它到达无限空间的时间当然是无限的，怎么可能形成周期性的震荡？如果它到达有限的空间（即使是难以想象的巨大空间）即收缩，那它也只能是无限空间中微不足道的一点，怎么能代表宇宙的形成？"

下面一行字被重重涂掉了，我用尽全力辨认出来：

"或许宇宙是无限个震荡小宇宙组成的，无数个宇宙蛋交替孵化，似乎更合逻辑。"

多么犀利的思想萌芽，尽管它很不成熟。为什么他涂掉了？是他自感没有把握，不愿贻笑于他人？

20

纸背还有几行字，字迹显然大不相同，舒缓凝滞，字里行间充满着苍凉的气息，不像一个中学生的心境：

"永远无法被'人'认可的假说。如果它是真的，那么一'劫'结束后，所有文明将化为乌有，甚至一点儿痕迹也不能留存于下一劫的新'人'。上一劫是否有个中学生也像我一样苦苦追索过？永远不可能知道了！"

读这些文字时，我的心脏狂跳不止，浑身如火焰炙烤，似乎宇宙中有天火在烧，青白色的火焰吞噬着无限，混沌中有沉重的律声。

我绝对想不到，一个孱弱的身体内竟能包容如此博大的思想、如此明快清晰的思维、如此苍凉深沉的感受。

我知道近百年前有一位不安分的犹太孩子，他曾遐想一个人乘着光速的波峰会看到什么……这就是爱因斯坦著名的思想实验，是广义相对论的雏形。谁敢说林天声不是爱因斯坦第二呢？

我不知道天文学家读到这些文字作何感想，至少我觉得它无懈可击！越是简捷的推理越可靠，正像一位古希腊哲人的著名论断：

"又仁慈又万能的上帝是不存在的，因为人世有罪恶。"

极简单的推理，但无人能驳倒它，因为人世有罪恶！

天声的驳难也是不能推翻的，只要承认光速是速度的极限。

我把他的纸条细心地夹到笔记本里，想起他过去不知道随手扔掉了多少有价值的思想萌芽，我实在心痛。抬起头，看见天声正默默地注视着我，我柔声道："天声，以后有类似的手稿，由老师为你保存，好吗？"

天声感激地默然点头。从那时起，我们俩常常处于心照不宣的默契中。

可惜的是，我精心保存的手稿在"文化大革命"被抄家中丢失了。

我摇摇头，抖掉这些思绪，拿起向秀兰的信看下去：

"……在河西大队下乡的同学都走了，只剩天声和我了，他又迷上了迷信（语法欠通，我在心里点评着），一门心思搞什么穿墙术。我怕极了，怕民兵把他抓走，怎么劝他都不听。何老师，天声最敬佩你，你来救救他吧！"

我唯有苦笑。我自己也是刚从"牛棚"里放出来，惴惴地过日子，哪有资格解救别人！

　　一张信纸在我手里重如千斤，纸上浸透了一个女孩的恐惧和期待。信上未写日期，邮戳也难以辨认。这封信可能是很久以前寄来的，如果要发生什么早该发生了……我曾寄予厚望的学生是不会迷上什么穿墙术的，肯定是俗人的误解，也许只有我能理解他……第二天，我还是借一辆嘎嘎乱响的自行车，匆匆向河西乡赶去。

　　河西乡是我常带学生们大田劳动的地方，路径很熟。地面凸凹不平，常把我的思绪震飞，像流星般四射。

　　我的物理教学也像流星一样洒脱无羁，我不希望中国的孩子都被捏成呆憨无用的无锡大阿福泥人。课堂上我常常天马行空，尽力把智者才具有的锐利的见解和微妙的深层次感觉，在不经意中浇灌于学生。

　　不管怎样，学生们都爱上我的物理课。四十几个脑袋紧紧地追着你转，这本身就是一种欢乐、一种回报——"文化大革命"一开始，学生们不约而同地把矛头首先对准我，我在批斗台上也能自慰，毕竟学生们知道我的不同凡俗。

　　在一次课堂上，我讲到黑洞。我说黑洞是一种被预言但尚未证实的天体，其质量或密度极大，其引力使任何接近它的物质都被吞没，连光线也不能逃逸。

学生们很新奇，七嘴八舌问了很多问题：一位不小心跌入黑洞的宇航员在跌落过程中会是什么心境？被吞没的物质到哪儿去了？物质是否可以无限压缩？既然连光线也不能逃逸，那人类是否永远无法探索黑洞内的奥秘……

我又谈到白矮星，它是另一种晚期恒星，密度可达每立方厘米 1 万千克。又谈到中微子，它是一种静止质量为零的不带电粒子，可以在 0.04 秒内轻而易举地穿过地球。

不知怎么竟谈到《聊斋》中可以叩墙而入的崂山道士，我笑道："据说印度的瑜伽功中就有穿墙术。据载，不久前一个瑜伽术士还在一群印度科学家众目睽睽之下做了穿墙表演。关于印度的瑜伽术、中国的气功，关于人体特异功能，常常有一些离奇的传说，比如靠意念隔瓶取物、远距离遥感等。很奇怪，这些传说相当普遍，简直是世界性的——当然，这些都是胡说八道。"

在一片喧嚷中，只有林天声的目光紧紧盯着我，像是幽邃的黑洞。他站起来说："1910 年天文学家曾预言地球要和彗星相撞，于是世界一片恐慌，以为世界末日就要来临。这个预言确实应验了，巨大的彗星尾扫过地球，但地球却安然无恙。这是因为……"

我接着说："彗星是由极稀薄的物质组成的，其密度小到每立方厘米 10^{-22} 克，比地球上能制造的真空还要'空'。"

林天声目光炯炯地接口道:"但在地球穿过彗尾之前有谁知道这一点儿呢?"

学生们很茫然,可能他们认为这和穿墙术风马牛不相及,不知所云为何。只有我敏锐地抓到了他的思维脉络,他的思维是一种大跨度的跳跃。在那一瞬间,我甚至被激发出强烈的灵感,两个思维接近的人在这么近的距离内产生共鸣,这在我是不可多遇的。我挥手让学生们静下来。

"天声是对的,"我说,"人们常以凝固的眼光看世界,把一些新概念看成不可思议。几百年前人们顽固地拒绝太阳中心说,因为他们'明明'知道人不能倒立在天花板上,自然地球下面也不能住人。这样,他们从曾经正确的概念做了似乎正确的推论,草率地否定了新概念。现在我们笑他们固执,而我们的后人会不会笑我们呢?"

我停顿了一下,环视学生。

"即使对于'人不能穿墙'这种显而易见的事实,也不能看作天经地义的最后结论。螺旋桨飞机发明后,在飞机上装机枪几乎是不可能的,因为飞速旋转的桨叶对子弹形成不可逾越的壁障,直到发明同步装置,使每一颗子弹恰从桨叶空隙里穿过去,才穿破这道壁障。岩石对光线来说也是不可逾越的,但二氧化硅、碳酸钠、碳酸钙混合融化后,变成透明的玻璃。同样的原子,仅仅是原子排列发生了奇妙的有序变化，便使光线能够穿越。在我们的目光里，身体是不可穿透的致密体，但 X 光能穿透过去。所以，不要把任何概念看成绝对正确，看成天经地义不可更改。"

学生们被我的思维震撼，鸦雀无声。我笑道："我说这些，只想给出一种思维方法，帮助你们打破思想的壁障，并不是相信道家或瑜伽派的法术。天声你说对吗？你是否认为口念咒语就可叩墙而入？"

学生们一片哄笑，林天声微笑着没有说话。

直到后来，我才知道我犯了多么愚蠢的错误。我给出了一连串清晰的思维推理，但在最后关头却突然止步，用自以为是的嘲笑淹没了新思想的第一声儿啼。

这正是我素来鄙视的庸人们的惯技。

到达河西乡已是夕阳西下。黄牛在金色的夕阳中缓步回村，牛把式们背着挽具，在地上拖出一串清脆的响声。地头三三两两的农民正忙着捡红薯干，我向一个老大娘问话，她居然在薄暮中认出我："何老师哇，是来看那俩娃儿的吗？娃儿们可怜哪！"她絮絮叨叨地说下去，"别人都走了，就剩下他俩，又不会过日子。你看，一地红薯干，不急着捡，去谈啥乱爱，赶明儿饿着肚子还有劲儿乱爱么？"

她告诉我，那俩娃儿一到傍晚就去黄河边，直到深夜才回来。咦，就在那座神像下面。我匆匆道谢后，把自行车放在村边，向河边走去。

其实，这老人就是一位了不起的哲学家，我想。她的话抓住了这一阶层芸芸众生的生存真谛——尽力塞饱肚子。

说起哲学，我又想起一件事。20 世纪 60 年代初，日本一位物理学家阪田昌一提出物质无限可分的思想。毛主席立即做了批示，说这是第一位自觉运用辩证唯物主义指导科学研究的自然科学家，全国自然闻风响应，轰轰烈烈地学起来。

我对于以政治权威判决学术问题的做法，历来颇有腹诽，但在向学生讲述物质无限可分思想时，却毫无负疚之感，因为我非常相信它。甚至在接触到它的一刹那间，我就感觉到心灵的震撼、心弦的共鸣！我能感受到一代伟人透视千古的哲人目光。

我在课堂上讲得口舌生花，学生听得如痴如醉，包括林天声。

傍晚，我发现一个大脑袋的身影在我宿舍前久久徘徊，是林天声。我唤他进来，温和地问他有什么事。他犹豫很久，突兀地问："何老师，你真的相信物质无限可分吗？"

我吃了一惊。纵然我自诩为思想无羁，纵然我和林天声之间有心照不宣的默契，但要在当时说出这句话，毕竟太胆大了。我字斟句酌地回答："我是真的相信。你呢？"

林天声又犹豫很久。

"何老师，人类关于物质世界的认识至今只有很少几个层次，总星系、星系团、星系、星体、分子、原子、核子、层子或夸克。虽然在这几个层级中物质可分的概念都是适用的，但做出最后结论似乎为时过早。"

我释然笑道："根据数学归纳法，在第 n+1 步未证明之前，任何假设都不能作为定理。但如果前几步都符合某一规律，又没有足够的反证去推翻它，那么按已有规律做出推断毕竟是最可靠的。"

林天声突然说："其实我也非常相信。我一听你讲到这一点，就好像心灵深处有一根低音大弦被猛然拨动，发出嗡嗡的共鸣。"

我们相互对视，发现我们又处于一种极和谐的耦合态。

但林天声并未就此止步。"何老师，我只是想到另外一点，还想不通。"

"是什么？"

"从已知层级的物质结构看，物质'实体'只占该层级结构空间的一小部分，如星系中的天体、原子中的电子和原子核。而且既然中微子能在任何物质中穿越自如，说明在可预见层级中也有很大的空隙。你说这个推论对吗？"

我认真思索后回答："我想是对的，我的直觉倾向于接受它，它与几个科学假设也是互为反证的。比如按宇宙爆炸理论，宇宙的初始是一个很小的宇宙蛋，自然膨胀后所形成的物质中都有空隙。"

林天声转了话题："何老师，你讲过猎狗追兔子的故事，猎狗在兔子后 100 米，速度是它的两倍。猎狗追上这 100 米，兔子又跑了 50 米；追上这 50 米，兔子又跑了 25 米……这似乎是一个永远不能结束的过程。实际上猎狗很快就追上兔子了，因为一个无限线性递减数列趋向于零。"

我的神经猛然一抖，我已猜到他的话意。

林天声继续他的思路："物质每一层级结构中，实体部分只占该层级空间的一部分，下一层级的实体又只占上一层级实体部分的若干分之一。所占比率虽不相同，但应该都远小于 1 ——这是依据已知层级的结构，用同样的归纳法得出的推论。所以说，随着对物质结构的层层解剖，宇宙中物质实体的总体积是一个线性递减数列。"

"如果用归纳法可以推出物质无限可分的结论，那么用同样的归纳法可以推出：物质的实体部分之总和必然趋近于零。所以，物质只是空间的一种存在形式，是多层级的被力场约束的畸变空间。老师，我的看法是不是有一点儿道理？"

我被他的思维真正震撼了。

心灵深处那根低音大弦又被嗡嗡拨动，我的思维乘着这缓缓抖动的波峰，向深邃的宇宙深处，聆听神秘的天籁。

见我久久不说话，天声担心地问："老师，我的想法在哪个环节出错了？"

他急切地看着我，目光中跳荡着火花，似乎是盗取天火的普罗米修斯在跌宕前行，天火在他瞳仁里跳跃。天声这种近乎殉道者的激情使我愧悔，沉默很久，我才苦笑道："你以为我是谁，是牛顿、马克思、爱因斯坦、霍金、毛泽东？都不是。我只是一个普通的中学物理教师，纵然有些灵性，也早已在世俗中枯萎了、僵死了。我无法做你的裁判。"

我们默默相对，久久无言，听门外虫声如织。我叹息道："我很奇怪，既然你认为自己的本元不过是一团虚空，既然你认为所有的孜孜探索最终将化亡于宇宙混沌，你怎么还有这样炽烈的探索激情？"

天声笑了，简洁地说："因为我是个看不透红尘的凡人；既知必死，还要孜孜求生。"

夜幕暗淡，一道清白色的流星撕破天幕，倏然不见，世界静息于沉缓的律动。我长叹道："我希望你保持思想的锋芒，不要把棱角磨平，更要慎藏慎用，不要轻易折断。天声，你能记住老师的话吗？"

河边地势陡峭，那是黄土高原千万年来被冲刷的结果，是大自然的鬼斧神工。夕阳已落在塬上，晚霞烧红了西天。

老太太所说的神像实际是一尊伟人塑像。塑像的艺术性我不敢恭维，它带着"文化大革命"特有的呆板造作。但是，衬着这千古江流，血色黄昏，也自有一番雄视苍茫的气概。

暮色中闪出一个矮小的身影，声音抖抖地问："谁？"

我试探地问："是小向吗？我是何老师。"

向秀兰哇的一声扑过来，两年未见，她已是一个典型的农村女子了。她啜泣着，泪流满面，目光中是沉重的恐惧。我又立即进入为人师表的角色："小向，不要怕，何老师不是来了嘛，我昨天才见到你的信，来晚了。天声呢？"

顺着她的手指，我看到山凹处有一个身影，静坐在夕阳中，似乎是在做吐纳功。听见人声，他匆匆做了收式。

"何老师！"他喊着，向我奔过来。他的衣服破旧，裤脚高高挽起，面庞黑瘦，只有眸子仍熠熠有光。我心中隐隐作痛，他已经跌到生活最底层了，但可叹的是他的思维仍然是那样不安分。

我们良久对视。我严厉地问："天声，你最近在搞什么名堂，让秀兰这样操心？真是在搞什么穿墙术吗？"

天声微笑着，扶我坐在土埂上："何老师，说来话长，这要从这一带流传很广的一个传说说起。"

他娓娓地讲了这个故事。他说，距这儿百十里地有座天

光寺，寺里有位得道老僧，据说对气功和瑜伽功修行极深。"文化大革命"来了，他自然逃不过这一劫，红卫兵在他脖子上挂了一双僧鞋，天天拉他上街批斗。老僧不堪其扰，一次在批斗途中忽然离开队伍，径直向古墓走去，押解的人一把没拉住，他已倏然不见，古墓却完好如初，没有一丝缝隙。吓呆了的红卫兵把这件事暗暗传扬开来。

他讲得很简洁，却自有一种冰冷的诱惑力，我甚至觉得向秀兰打了一个冷战。我耐着性子听完，悲伤地问："你呢，你是否也相信这个神话？难道你的智力已降到文盲的档次了？"

天声目光锐利地看着我："稍具科学知识的人都不会相信这个传说，只有两种人会相信：一种是无知者，他们是盲从；一种是哲人，他们能跳出经典科学的圈子。"

他接着说道："何老师，我们曾讨论过，物质只是受力场约束的畸变空间，两道青烟和两束光线能够对穿，是因为畸变的微结构之间有足够的均匀空间。人体和墙壁之所以不能对穿，并不是它们内部没有空隙，而是因为它们内部的畸变。就像一根弯曲的铜棒穿不过弯曲的铜管，哪怕后者的直径要大得多。但是，只要我们消除了两者甚至是一方的畸变，铜棒和铜管就能对穿了。"

他的话虽然颇为雄辩，却远远说服不了我。我苦笑一声问道："我愿意承认这个理论，可是你知道不知道，打碎一个原子核需多少电子伏特的能量？你知道不知道，科学家们用尽解数，至今还不能把夸克从强子的禁闭中释放出来？且不说更深的层级了！"

林天声怜悯地看着我，久久未言，他的目光甚至使我不敢与他对视。很久，他才缓缓说道："何老师，用意念的力量去消除物质微结构的空间畸变，的确是难以令人信服的。我记得你讲过用意念隔瓶取物，我当时并不相信，只是觉得它既是世界性的传说，必有产生的根源。从另一方面说，人们对自身机构，对于智力活动、感情、意念、灵感，又有多少了解呢？你还讲过，实践之树常绿，理论总是灰色的。如果可能存在的事实用现有理论完全不能解释，那么最好的办法是忘掉理论，不要在它身上浪费时间，而去全力验证事实，因为这种矛盾常常预示着理论的革命。"

我没有回答，心灵突然起了一阵颤动。

"你去验证了？"我低声问。

林天声坚决地说："我去了。我甚至赶到天光寺，设法偷来了老和尚的秘笈。这中间的过程我就不说了，是长达三年的绝望的摸索。被囚禁在地狱的幽冥世界里，孤独和死寂使我几乎发疯。直到最近，我才看到一线光明。"

听他的话意，似乎已有进展，我急急问道："难道……你已经学会穿墙术？"

　　我紧盯着他，向秀兰则近乎恐惧地望着他，显然她并不清楚这方面的进展。我们之间是一片沉重的静默，很久很久，天声苦笑道："我还不敢确认，我曾经两次不经意地穿越门帘——从本质上讲，这和穿过墙壁毫无二致。但是，我是在意识混沌状态下干的，我还不知道是否确有此事。等我刻意追求这种混沌状态时，又求之不得了。"

　　他的脸庞突然焕发光彩："但今晚不同，今晚我自觉竞技状态特佳，大概可以一试吧。我想这是因为何老师在身边，两个天才的意念有了共鸣。何老师，你能帮我一把吗？"

　　他极恳切地看着我。我脸红了，我能算什么天才？一条僵死的冬蚕而已。旋即又感到心酸，一个三餐无着的穷光蛋，却醉心于探索宇宙的奥秘，又是用这样的原始方法，这使人欲哭无泪。我柔声问："怎样才能帮你？你尽管说吧。"

　　向秀兰没有想到我是这种态度，她望着我，眼泪泉涌而出。我及时拉住她："秀兰，不要试图阻拦他。如果他说的是疯话，那他这样试一次不会有什么损失，至多脑袋上撞个青包，"我苦笑着，"也许这样会使他清醒过来。如果他说的是事实，那么……即使他在这个过程中死亡、消失，化为一团没有畸变的均匀空间，那也是值得的，它说明人类在认识上又打破一层壁障。你记得普罗米修斯盗取天火的故事吗？"

　　向秀兰忍住悲声，默默退到一边，珠泪滚滚而下。

天声感激地看着我，低声说："何老师，我就要开始了，你要离我近一些，让我有一个依靠，好吗？"

我含泪点头。他走到塑像旁，盘腿坐好，忽然回头，平静地向姑娘交代："万一我……你把孩子生下来。"

我这才知道向秀兰已经未婚先孕了。向秀兰忍着泪，神态庄严地点头，没有丝毫羞涩。

最后一抹夕阳的余晖涂在天声身上，他很快进入无我状态，神态圣洁而宁静，就像铁柱上锁着的普罗米修斯在安然等待下一次苦刑。我遵照天声吩咐，尽力把意念放松。我乘着时间之船进入微观世界，抚摸着由力场约束的空间之壁，像是抚摸一堆堆透明的肥皂泡。在我的抚摸下，肥皂泡一个个无声地破碎，变成均匀透明的虚空。

意念恍惚中我看到天声缓缓站起来，下面的情形犹如电影慢动作一样刻在我的记忆中：天声回头，无声地粲然一笑，缓步向石座走去。在我和小向的目光睽睽中，人影逐渐没入石座，似是两个半透明的物体叠印在一起，石像外留下一个淡淡的身影。

我下意识地起身，向秀兰扑在我的怀里，指甲深深嵌入我的肌肤。不过，这些都是后来才注意到的。那时，我们的神经紧张得就要绷断，两人死死盯着塑像，脑海一片空白。

突然，传来一声令我们丧魂失魄的怒喝："什么人？"

那一声怒喝使我的神经铮然断裂，极度的绝望使我手脚打战，好半天才转过身来。

是一个持枪的民兵，一身"文化大革命"的标准打扮，身穿无领章的军装，敞着怀，军帽歪戴着，斜端一支旧式步枪，是一种自以为时髦的风度。他仔细打量着向秀兰，淫邪地笑道："老牛还想啃嫩草咧。臭老九！"（他准确地猜出了我的身份）。

他摇摇摆摆走过来，我大喝一声："不要过来，那里有人！"

话未落，我已经清醒过来，后悔得咬破舌头，但为时已晚了。那民兵狐疑地围着石像转了一圈，恶狠狠走过来，噼噼啪啪给我两个耳光："老不死的，你敢玩我？"

这两巴掌使我欣喜若狂，我一迭声地认罪："对对，我是在造谣，我去向你们认罪！"

我朝向秀兰做个眼色，自己主动朝村里走去。向秀兰莫名所以，神态恍惚地跟着我。民兵似乎没料到阶级敌人这样老实，狐疑地跟在后边。

这时，向秀兰做了一件令她终生追悔的事。走了几步，她情不自禁地回头望了一眼，民兵顺着她的目光回头一看，立刻炸出一声惊呼！

一个人头正缓缓从石座中探出来，开始时像一团虚影，慢慢变得清晰，接着是肩膀、手臂和上半个身子。我们都惊呆了，世界也已静止。接着，我斜睨到民兵惊恐地端起枪，我绝望地大吼一声，奋力向他扑去。

"啪!"

枪声响了,石像前半个身子猛一颤抖,用手捂住前胸。我疯狂地夺过步枪,在地上摔断,返身向天声扑过去。

天声胸前殷红斑斑,只是鲜血并未滴下,却如一团红色烟雾,凝聚在胸口,缓缓游动。我把天声抱在怀里,喊道:"天声!天声!"

天声悠悠醒来,灿烂地一笑,嘴唇蠕动着,清楚地说道:"我成功了!"便安然闭上眼睛。

下面的事态更令人不可思议。我手中的身体逐渐变轻,变得柔和虚浮,顷刻间如轻烟四散,一颗亮晶晶的子弹砰然坠地。只有天声的身体和石像底座相交处留下一个色泽稍深的椭圆形截面,但随之也渐渐淡化。

一代奇才就这样在我的怀里化为空无。我欲哭无泪,拾起那颗尚在发烫的子弹,狠狠地向民兵逼过去。

民兵惊恐欲狂,盯着空无一人的石像和我手中的子弹,忽然狼嚎一般叫着回头跑了。

此后,这附近多了一个疯子。他蓬头垢面,常常走几步便低头认罪,嘴里嘟嘟囔囔地说:我不是向塑像开枪,我罪该万死,等等。

除了我和向秀兰,谁也弄不清他说的是什么意思。

我从痛不欲生的癫狂中醒来，想到自己对生者应负的责任。

向秀兰一直无力地倚在地上，两眼无神地望着苍穹。我把她扶起来，低声说道："小向……"

没有等我的劝慰话出口，秀兰猛地抬头，目光奇异地说："何老师，我会生个男孩，像他爸爸一样的天才，你相信吗？"她遐想地说："儿子会带我到过去、未来漫游，天声一定会在天上等着我，你说对吗？"

我叹了口气，知道小向已有些精神失常了，但我宁可她暂时精神失常，也不愿她丧失生活的信心。我忍泪答道："对，孩子一定比天声还聪明，我还做他的物理老师，他一定会成为智者、哲人。现在我送你回村去，好吗？"

我们留恋地看看四周，相倚回家去。西天上，血色天火已经熄灭，世界沉于深沉的暮色中。我想天声不灭的灵魂正在幽邃的力场中穿行，去寻找不灭的火种。

义 犬

卓丽丽把飞碟停在宇航局的大门口。她动作轻灵地跳出飞碟，掠掠鬓发，把手指放在监视口轻声说：

"请验查——萨博大叔。"

她知道无须报名字，电脑对她的指纹、瞳纹和声纹做出综合检查后就会确定她是谁，知道该不该放她进去。2秒钟后大门无声无息地滑开，一个浑厚的男中音说：

"请进，卓丽丽小姐，局长阁下在会议室等你。"稍停顿又说，"丽丽，你长成漂亮的大姑娘了。"

丽丽嫣然一笑："谢谢萨博大叔。"孩提时代她就经常随父亲来这里玩耍，那时的警卫就是这位 Super - I 号机器人，

小丽丽常常扬起小手，同"萨博大叔"问好和再见，而这位冷冰冰的大叔在执行公务时也开始加几句问候。久而久之，每次来访时，她总能感到萨博大叔的欣喜。爸爸曾纳闷地说："见鬼，你怎么能这样轻易地为 Super－I 加上感情程序？对于守卫型机器人，本来绝不容许出现感情干扰的。"

不过，她已经 7 年没来这儿了，整整 7 年。

那年她 17 岁，在父亲的严酷命令下同男友卞士其分了手。她同父亲大吵一通，只身一人，跑到 2000 公里外的酒泉宇航基地，用繁重的训练强制自己忘掉痛苦。7 年她没回过家。直到今天早上，她忽然接到父亲的紧急命令，基地指挥在亲自转交命令时，已为她备好最快捷的飞碟"精灵"I号，命令上说：

"速来见我，3 个小时内必须到达。"

这会儿她走进宇航局的大门口，心中仍在忐忑。她能肯定有一件极其严重的事在等着她，是什么呢？绝不会是家事，那不符合父亲的性格。那又是什么呢？

"绝不会是火星人入侵。"她在心中揶揄道，"如果是有关地球命运的大事，不会征召我一个宇航训练尚未毕业的生手。"

父亲在局长办公室里，背对着大门，深深埋在高背沙发里，只露出白发苍苍的头颅。父亲老啦，她伤感地想。在这一刹那，曾经有过的怨恨之情哗然冰释。她走过去挽住父亲的颈项，轻轻吻一下他的额头。父亲没有回头，轻轻拍拍她的手背，示意她坐下来，一块儿看正在演示的全息天体图。

卓丽丽记得很清楚，这种激光全息天体图研究成功时她刚 10 岁。在这之前，在父亲的指导下，她早已学会看老式的平面天体图，她学会从这种被严重扭曲的图形中理解星系的实际形状、天体相互之间的实际距离等。尽管如此，当她第一次看到全息天体图时仍然受到强烈的震撼。原来的天体图是从"人"的视角看宇宙，难免带上人的局限，带上"以我为中心"的人类沙文主义情结。全息天体图却是以上帝的视角看宇宙，它使 10 岁的女孩看到了真实广袤的宇宙，感受到宇宙的浩瀚博大。

这种天体图是三维的，十分逼真和清晰。它可以作整体显示——即父亲常说的"俯察宇宙"，那些巨大的涡状星系、蟹状星云此时只如一个芥子；也可对任一部分逐级放大，定格在比如土星环的某一块石头上——当然，前提是对这个星系、星体有了足够的资料。新的天文学发现可以同步输进天体图中：太阳系新发现的冥外星，麦哲伦星云中一个微型黑洞……卓丽丽对这一切的了解，几乎与发现者同步。

现在面前展示的是熟悉的太阳系，5500℃的太阳发射着白光，十大行星携着 67 颗卫星安静地绕着太阳转动，偶尔有一颗彗星拖着长尾逃到展示区域之外。父亲把图像逐级放大，最后定格在太阳系外一个飞速移动的黑色天体上。他示意女儿坐在身边，卓丽丽迷惑地看看天体又看看父亲，她能感受到父亲的忧虑。

相对于行星的大小看，黑色天体大约有月亮的1/4那么大，形体毫无规则，似乎一直在缓慢地变形。卓丽丽第一眼看到它时，就为它起了一个恰如其分的名字：混沌。全息天体图十分清晰，像木星上波涛汹涌的大红斑，海王星的5道光环都一览无遗。唯有"混沌"显示出某种光的朦胧和不稳定，像是一个不确定的固态流体，四周笼罩着浓雾和神秘。

卓太白收回目光，转过头，怜爱地把女儿揽在怀里，用手指梳着她的柔发。他长吁一口气："丽丽，你已经7年没回家了。长成大姑娘啦。"

卓丽丽靠在父亲肩头，看着爸爸凸出的锁骨和满头白发，鼻子发酸。

"还在生爸爸的气吗？"

卓丽丽勉强一笑："哪里话，爸爸。我早就不生您的气了。实际上我与卞士其分手，并不全是因为您的干涉，是我自己没有勇气嫁给异类。那时我不该把自己无处发泄的郁愤迁怒到你身上。"

卓太白的柔情一闪即逝，他的脸色又复冷峻。

"它有多远？"他看向女儿。

"谁？"

"混沌，这个黑色的幽灵。"

卓丽丽很奇怪，父亲对它的命名与自己竟然不谋而合。她老练地看看天体图，回答道："离地球大约 5000 个天文单位，马上就要进入太阳系的引力范围内。"

卓太白赞许地点点头："此刻是 4653 个天文单位。混沌是以亚光速飞行，目前已超过秒速 10 万公里，75 天后就要到达地球了。"

他的话音十分沉重。

"我们发现混沌仅十几天。"宇航局长阴沉地注视着天体图，声音低沉地介绍，"它不发光，也基本不反射光线，是一个隐形的幽灵。我们是在它对邻近天体的遮蔽中发现异常的，用主动式射电望远镜整整探测了 10 天才发现它。那时它正在比邻星和太阳系之间游离，不遵从任何力学规律，就像一个脚步蹒跚的醉鬼。可是——可能是主动式射电源唤醒了它，它几乎是立即开始加速，径直向地球奔来！"

卓丽丽疑惑地问："外星文明的使者？"

宇航局长苦笑道："但愿如此吧。毫无疑问，它是高度文明的产物，很多方面超过了我们的想象能力。它仅用几天时间就加速到亚光速，这简直不可思议。我们对它的飞行尾迹做了探测，发现了反夸克湮灭的痕迹。"他看看女儿，解释道："你可能对此不太熟悉，因为它是刚被理论证明的一种新能源，比核能强大上千倍。进一步探测表明，这个小天体是中空的，是反夸克的一个巨大仓库。它所储存的能量足够飞出本星系团了！"

卓丽丽盯着那个天体，在各个行星缓慢的运动背景中，混沌的飞速移动十分惹人注目。她疑惑地问："是否尝试过与它联系？"

"当然。我们用了所有的方法，但它都没有反应。它只是一言不发地向地球猛扑过来。"

卓丽丽自语道："它的目的？"

卓太白紧接着说："这正是我百思不解的地方。也可能在遥远的星系中，地球有一个富裕的远房亲戚，他不声不响地送来一份圣诞厚礼——足够地球使用百年的能量，想让天真的地球孩子得到一个惊喜。不过……"他苦笑道，"这种推测毕竟太近童话。实际上，从看到它的第一眼起，我就产生了莫名的恐惧。我总觉得它像一只阴冷的寻响水雷，在黑暗中窥视着，一旦发现文明的迹象，就咬着牙猛扑过来。"

卓丽丽很同情爸爸，想尽力劝慰他："爸爸，不必太担心，你的看法也纯属臆测。如果它从属于一个高度发达的文明，就不会干出这种无理性的暴行。地球文明经历了多少风雨，已经羽翼丰满了，不是 7000 亿公里外的一个什么黑色幽灵就能毁灭的。"

宇航局长勃然大怒："不要说这些似是而非自欺欺人的扯淡话！只有科学上的门外汉才会盲目地乐观。我已经同那些官僚老爷们争论三天了，不想再同自己的女儿争论！"他看看女儿，努力压住火气说："人类的文明是一直发展的，可是这大趋势像是由无数个体的'偶然'（包括不幸）组成的。宇宙文明也会一直发展下去，但它也是由无数星体文明的'偶然'组成的。如果 6500 万年前那颗陨星没有落在地球上，恐怕现在是恐龙耀武扬威。或者，那颗陨星如果推迟 6500 万年再撞击地球，人类恐怕会被其他生物或超生物取代。混沌的能量与那颗陨星简直不可比拟，即使它在木星外爆炸，地球文明也该寿终正寝了！"

卓丽丽抬头看看爸爸，发觉爸爸又回到七年前的固执和偏狭。不过，父亲的沉重感染了她，父亲急招她回来，绝不是为了对她进行科普宣传。她挽住父亲的胳膊问："爸爸，该怎么办？"

卓局长深情地看着女儿："世界政府已同意，迅速派金字塔号星际飞船去迎接它，后天出发。"

"后天？"卓丽丽惊问，她知道，一般来说，星际飞船出发前至少要有 1 个月的准备时间。

"对，后天。你知道，金字塔号是最快的飞船，秒速超过1000公里，如果后天出发，它与混沌相会的地点大约在冥王星外，距太阳45个天文单位处。如果……那时把它引爆，尚不致毁灭地球。"

卓丽丽抬起头，看见父亲在躲避自己的目光，她知道自己已被选中作神风突击队员，驾驶这艘飞船踏上不归路，24岁的生命之花将在冷漠的宇宙空间凋谢。她的内心翻江倒海……

风暴逐渐平息后，她平静地说："为了爸妈，为了人类，我乐意接受这个任务。只是时间太仓促了，乘员组有几个人？谁领队？"

宇航局长低沉地说："这是一个猝发性事件，任何人的大脑也难以接受飞行准备所需的大量信息，只好借助于魔鬼了。乘员只有两个人，你和一个大脑袋。"他话音中仍带着明显的鄙夷和敌意，"卞士其"。

卓丽丽目瞪口呆，几乎不相信自己的耳朵。

喜马拉雅山脉的一座无名雪山下。

几座简朴的楼房星星点点散落在雪山脚下，楼房下是连成一片的巨大的地宫。这是72个大脑袋离世隐居之地。地宫的外貌虽然简朴，里面的设施却是超现代化的，人类难以望其项背。

一个年轻人正在操纵"透明式"电脑。这种电脑没有键盘，可以把思维波直接输入。忽然手表发出短促的啸音，他的大脑迅即把这种高密度电讯翻译成普通语言，那是父亲的声音：

"把手头工作放下，所有资料存档，速来见我。"

他有点儿奇怪，父亲有什么要事非要当面对他说？72个大脑袋彼此很少见面，因为通过电脑网，他们的思维可以彼此透明。听父亲的口气，他将离开这儿一段时间。收拾完毕，他看看桌上那张照片，那是他与丽丽的合影。这种平面照片早已过时了，不过他一直珍重收藏着，他把照片从镜框中取出来，小心地放入怀里。

看着丽丽17岁的天真，他长吁一声。已经7年没有见过丽丽了，不知她的模样是否已经改变。他对镜看看自己，自眉毛以下的容貌同照片没有什么变化，眉毛上是新加的头盖，白色铱合金制造，比常人高出一拳，没有头发，像一个丑陋的光帽壳。

是这个东西在他们与人类之间划了一道鸿沟。他并不后悔，不过想起卓丽丽，仍然觉得心痛。

父亲、酒井惠子阿姨和另外几个人在办公室等他。他们演示了激光全息天体图，介绍了混沌的情况，卞天石对儿子说："尽管我们小小的大脑袋文明已超过人类几个世纪，但仍无法理解这个混沌状的天体。毫无疑问，它的文明要比我们高出几个数量级。我们只知道，如果它一直以目前的方向和速度直扑地球而来，就会引起一场灾变。它会毁了地球，甚至太阳系。当然，文明发展史上的'灾变'并不仅仅是灾难，如果不是 6500 万年前的一颗陨星促进了地球生物的变异，可能到现在为止，地球上仍是小脑袋的恐龙在动作迟缓地漫步。"

"小脑袋的恐龙"这几个字他是以正常人的慢速说的，带着鄙夷和敌意。他知道"大脑袋"是人类对他们的鄙称，所以自称"大脑袋"本身就是一种冰冷的反抗。

7 年前，卞天石和卓太白是一对挚友，也是科学上的好搭档。在 21 世纪，宇航学和生物学已成为近亲。

卓丽丽和卞士其几乎是指腹为婚的，17 年青梅竹马，已经如胶似漆了。两家父母都欣喜地看着这对金童玉女成长，所以灾难来临时，卓丽丽没有丝毫的精神准备。

她忘不了那个黑沉沉的夜晚，她遵照父亲的急令来到他的办公室。父亲正目光阴沉地注视着全息天体图，她敏锐地发现，父亲刚从狂怒中平静下来，这是父亲制怒的一个诀窍。同浩瀚博大的宇宙相比，个人的喜怒哀乐实在是太渺小太微不足道了。父亲阴沉地讲了事情的来龙去脉："……你知道，100多年前已发明了三维的生物元件电脑，但直到1个月前才实验成功第一个模拟人脑，是卞天石搞成的，"卓丽丽很奇怪爸爸为什么不称"你卞伯伯"。"功能同人脑完全等效。不同的是，人脑内部神经元之间的联系是每秒10米的神经脉冲，而模拟人脑中是以光速行进的电磁信号，速度是前者的3万倍。第一代模拟人脑的体积大一些，比人脑大1/3。实验成功后，卞天石便极力鼓吹以它来取代'落后的'人脑。你知道爸爸并不是老学究，我对任何学科中任何一种离经叛道的创新都是支持的。但大脑的替代是一个至关重要的大事，它牵扯到人类的伦理道德及其他人类赖以生存的基础。如果科学的发展导致对人自身的否定，那我是无论如何也不会同意的，不管这种人造的大脑有多少优越性！"

父亲的愤怒再次逐渐高涨，他努力压住火气说："何况模拟人脑刚刚诞生，一定有不可预计的缺点和危险因素。试想，人类用几百年造出的东西，怎能同大自然45亿年锤炼出的人脑相比！经过科学界激烈的内部争论，决定以法律形式暂时冻结人脑更换术，何时解冻视情况而定。可是，那个卞天石和71个科学界的败类，竟然……"父亲喘息着把这句话说完，"竟然抢在法律生效前为自己更换了模拟人脑，做了思维导流术，包括他的儿子！"

那一瞬间，卓丽丽觉得自己乘坐的诺亚方舟爆炸了，她跌进酷寒的外太空，连血液也冰冻了。她悲哀无助地看看父亲，跌坐在沙发上。

父亲鄙夷地说："这批手术是法律生效前做的，我们无可奈何，但科学界所有同仁已与这批败类割席绝交。我把这些情况通知你，希望你同卞士其断绝来往。"

卓丽丽失神地瞪着父亲，很久很久，突然发作道："爸爸，你以为你女儿的头颅里装的是什么，是集成电路的电脑？一道删除指令就能把所有感情全洗掉？"

卓太白瞪着她，把一张彩照甩在她面前。

"看看吧，看看你是否愿意嫁给这个异类。"

卞士其在照片上阴沉地看着她，头上是一个白生生的新头盖，比常人高出一拳，没有头发。这种怪相确实令人作呕……还有一个念头在悄悄啃啮着她的自尊：在手术前（那无疑是同人类告别的时刻），他竟然没向我透露一个字……她终于做出决断，冷淡地对父亲说："局长阁下，我完全遵从您的决定，请您放心。"

第二天，她就离开家庭，到酒泉宇航基地去了，妈妈的泪水也没能改变她的决绝。

自从人类把这伙儿大脑袋抛弃后，卓丽丽总觉得老一辈科学家的敌意未免太重。他们对大脑袋们目不暇接的发现和发明视而不见，如果不得不利用这些成果，他们也闭口不提发现者的名字。地球科学委员会主席在一次科学年会上讲过："体育界经过 200 年的奋斗，才把兴奋剂这个恶魔消灭，现在可以实现人与人的公平竞争了。科学界也决不容许出现兴奋剂之类的东西。"

不用明说，任何人都能听出他的话意。

的确，大脑袋的智力与常人相比太过悬殊了！他们可以在 1 秒钟内用高密度电讯输进一部大英百科全书的信息，他们的脑结构可以随心所欲地操纵透明式电脑，或互相作透明式思维交流。如果不作严格的限制，那么以后的科学史上不会再出现普通人的名字了。

在人类的敌意中，72 个大脑袋沉默着离开了人类世界，在喜马拉雅雪山下建立了自己的小圈子。在雪山周围，人类悄悄建立了几道严密的防线。

当然，对大脑袋的智力来说，这些防线很可能是小孩子的玩意儿。但人类倒是有恃无恐的，最牢固的防线在于大脑袋社会内部——72 个人中只有一个女的，他们难以把大脑袋的阵营扩大。即使采用体外授精、单体克隆等方法，也还存在一个根本问题：人造的脑结构尚不能嵌进遗传密码。所以，如果不能抢在死前在遗传工程上取得突破，他们就只有悄悄走向灭亡了。

卓丽丽不满地看着爸爸，听到爸爸的决定后，她的第一个反应是尖刻的嘲讽：你们怎么能向素来鄙夷的大脑袋求助？你们的骄傲呢？

不过她隐忍未言。她知道这些话将是置老人于死地的尖刀。宇航局长艰难地继续说："与'混沌'相遇时，临机决断的时间是以毫秒计的，这种情况只有大脑袋能胜任。我已通知了那些人，他们同意派卞士其前往。毕竟地球也是他们的居留地，在这一点上我们是拴在一条线上的蚂蚱。"他解嘲地说。随后，他直视着女儿，加重语气说道："不过你务必记住，卞士其已不是7年前的纯情少男了，这些年来，在大脑袋圈子里，对人类的敌意日甚一日。你必须多长一只眼睛，这样严酷的任务本不该派你这样的生手，你知道为什么派你去吗？"

卓丽丽冷冷地摇头，宇航局长毫不留情地说："你不会猜不到的，我们要求你充分利用你同卞士其的旧情，利用你的魅力，鞭策他做好这项工作。"

卓丽丽愤怒地瞪着父亲，这些残忍的话撕开了她心中的伤疤，又撒上一把盐。她冷酷地反问："是否需要脱光衣服引诱他！"

宇航局长脸颊的肌肉抖动了一下，仍语气强硬地说："必要的话就该去做。"

两人恶狠狠地对视，喘着粗气。忽然，宇航局长颓然坐下，用手遮住眼睛，喑哑地说："不要以为爸爸心如铁石，我知道自己是在把女儿送上不归路，是把女儿摆在一个异类面前作诱饵。可是，为了人类的生存，任何残酷、任何卑鄙都是伟大的，孩子！"

在这一刹那间，他变得十分苍老。卓丽丽犹豫了一会儿，慢慢走过去，和解地依偎在爸爸身旁，轻抚着他青筋裸露的手臂。爸爸紧握住她的手，说道："丽丽，抓紧时间回去见见你妈。不能超过30分钟，你要熟悉的资料太多了。"

同父亲告别时，丽丽说："我把阿诚也带上飞船，好吗？"

阿诚是他们家中的爱犬，卞士其还是家中常客时，阿诚刚1岁。狮头鼻子，一身白色长毛，卞士其十分喜爱它，也许阿诚能唤醒他一些旧日的感情。宇航局长点头允许。

飞船点火升空的场地戒备森严，没有记者，世界政府不愿意过早造成全球的恐慌。

同女儿告别时，宇航局长竭力隐藏着自己的悲伤，他表情严峻地同女儿拥抱吻别，很快就走了。丽丽妈哽咽着，拉住女儿不愿放手，两眼又红又肿。卓丽丽笑着，低声劝慰她，又逗着阿诚同妈妈"拜拜"。前天回家见到阿诚，它仅犹豫了半秒钟就认出了她，简直发疯似的绕着女主人撒欢，又是抓又是舔，那份急迫的热情让丽丽心酸。妈妈伤感地说："7年没回家，它可一直没有忘记你呢。你若在可视电话上露面它就使劲儿吠，还有一次，它对着门外吠个不停，原来是你托人捎来的衣物，它嗅到你的味儿了！"

在送行的人群中，卓丽丽发现了几个大脑袋。他们冷淡地默然肃立，四个高高的光头颅排成一排，很像神态怪异的正在做法事的西藏喇嘛。其中，有卞伯伯和酒井惠子——她也像其他三人一样顶着光光的脑袋，甚至没用假发掩饰一下。卓丽丽记得，惠子阿姨跟卞伯伯读博士时，一头青丝如瀑布，飘逸柔松，曾使孩提时代的自己十分羡慕。她稍微犹豫了下，走过去亲切地同卞伯伯和惠子阿姨告别。卞天石仅冷淡地点点头，目光中没有丝毫暖意，惠子阿姨倒是微笑着说："一路顺风。"

"我会回来的，那时还要惠子阿姨为我梳头呢。"

她笑靥如花，一头青丝洒落在胸前。酒井惠子面颊肌肉抖动一下，没再说话。

阿诚进舱后，先是悄悄注视着卞士其，一个劲儿抽鼻子。忽然它认出来了，回忆起来了，便欢天喜地奔过去，围着卞士其大摇尾巴。这种故友重逢的景象倒是蛮动人心，连卞士

其冰冷的脸上也闪过一丝微笑，弯下腰摸摸阿诚。

飞船的密封舱门合上了，卞士其穿上了为他特制的抗荷服，头部很长，像一个丑陋的白无常。他静坐在副驾驶座椅上，目光直视，丝毫没有与丽丽寒暄的打算。

卓丽丽的目光直直地注视着他。小时候两人头顶着头，说过多少小儿女的絮语！如今在卞士其身上还能找到过去的一丝影子吗？……她调整好情绪，亲切地说："就要起飞了，超重是 10g，你怎么样？"

卞士其冷淡地说："我已经接受过 2 个小时的速成训练，按我们的神经反应速度折算，至少相当于你们 3 个月的训练强度，我想我没问题。"

之后，他就保持沉默。

发射架缓缓张开，星际飞船怒吼一声，橘红色的火焰照彻天地，然后巨大的飞船逐渐升空，在深邃的夜空开始折向，迅即消失不见了。

四个大脑袋一言不发，扭转身鱼贯而出。世界政府的代表托马斯先生走过来，同卓太白握手庆贺。卓太白了无喜色，一直盯着大脑袋消失的方向。托马斯轻轻摇头："卓先生，我真不愿意见到这些人，看见他们就像见到响尾蛇。"

卓太白忧郁地说："我经常想到罗马神话中那头巨狼，万神之王朱庇特也难以匹敌，只好用诡计为它套上越挣越紧的绳索。不过一旦绳索断裂……"

托马斯苦笑着说:"人类代替了朱庇特的地位,却对这头巨狼束手无策。"

卓太白说:"当然,大脑袋与巨狼不同。"停了一会儿他说:"不仅是力量,连他们的智力也已经超过朱庇特。说不定他们会施展诡计,用那根绳索反过来把万神之王套上。"

飞船进入太空3天了。现在我们距地球2.5亿公里。舱外是绝对黑暗的夜空,那个蔚蓝的月牙,我们的诺亚方舟,我们的力量之源,离我们越来越远了。

我现在几乎是痛苦地怀念着那种脚踏实地的感觉。

卞士其对超重没什么反应,倒是随后的失重让他大吃苦头。无食欲、恶心、呕吐、口渴,体重迅速减轻。这也难怪,他毕竟没有经过系统的太空训练。这几天我一直在悉心照料他,就像他的小母亲。我偷偷带上飞船的几盒青橄榄——那是他小时候的爱物——起了大作用。他死模死样的脸上开始有一丝笑容。

看得久了,那个丑陋的白脑壳似乎也不再可憎。

同样未经过失重训练的阿诚和他倒是难兄难弟，这两天老是精神委顿，躺在他的怀里。我很奇怪，卞士其从我家消失时阿诚才1岁。1岁时的感情竟能保存7年之久？

记得日本有一只义犬，主人突然死亡，但义犬一如既往，每天下午到地铁站门口迎接主人，无论他人怎样干涉劝解也不行。日复一日，年复一年，直到临死时，还挣扎着向那儿爬去……后来，人们在那儿为它树了一块碑。

我常奇怪，狗的体内究竟有什么特殊的激素，使他们对人类如此忠诚？

航天综合征并未影响卞士其的工作。他用一天的时间为飞船主电脑加了一个附属装置，即他说的"透明转换"，转换后他就可以用思维同电脑自由交流，这使我十分羡慕。虽然主电脑的语言指挥系统已十分完善，但无论怎样完善，终究是"两者"之间的交流。对于大脑袋来说（我一直避免使用这三个字），电脑已成为人脑的外延。

航行头一天，我为他详细介绍飞船的生活设施。我介绍了负压洗澡装置，告诫他一定要戴好呼吸管，因为失重状态下的水珠可能致命；告诉他上厕所时要把座圈固定好，不要让它飞起来，以免在女士面前出丑。他默默听我介绍完，冷漠地说，这些他已经知道了，主电脑中有宇航员训练软件，浏览一遍对他只是 1 秒钟的小劳作。我气极了，向他喊："你为什么不早一点儿告诉我？"

我扭过身，好长时间不理他，他仍是不言不语，满脸拒人千里的表情。等到一种失意感悄悄叩击我的心扉时，我才悟到，我已恢复在他面前的任性，期望他会像 17 岁时那样挨着我的肩头轻轻抚慰。

天哪，我的旧情这么快就要死灰复燃么？

卓丽丽记完日记，旋上钛合金写字笔，不易察觉地苦笑一声。不，旧情并未复燃。虽然那波感情的涟漪是真的，但把它记入日记中却另有目的——她想让卞士其看到它。

她想引诱他。

她回到指令舱，忽然惊奇地发现，屏幕上显示的飞船轨迹偏离了预定航线。她的心猛一抖颤，回头瞪着卞士其。那一位正闭着眼睛，双手交叉在胸前，在太空舱里自由自在地飘荡。卓丽丽沉声问："你修改了飞船的航线？"

卞士其睁开眼睛，若无其事地点点头。

卓丽丽的心脏缩紧了。对卞士其她一直睁着"第三只眼睛"，小心地不让卞士其接触要害部位。但自从飞船主电脑经过透明转换后，实际上她已经无法控制。进行透明转换时卞士其有充分的理由："大脑袋们仅脑部的神经活动是以光速进行，其他神经网络仍同常人一样，反应速度太慢了，根本无法应付突发事件。所以，我们常把大脑与主电脑直接并网。"

宇航局长事先已考虑到这种情况，在主电脑的中枢部位加了一道可靠的密码锁，以便女儿在紧要关头使用。只是……天知道这道密码锁对大脑袋是否管用？

卓丽丽尽量平静地说："为什么改变航线？"

卞士其若无其事地回答："没什么，顺便看看木星的大气层。"

卓丽丽十分愤怒，嘎声问："你为什么不同我商量，你知道不知道我们的时间多么紧迫？"

卞士其冷嘲地说："请卓丽丽小姐检查一下飞船的新航线吧。"

卓丽丽疑惑地看看他，返身在电脑屏幕上敲出飞船几天的轨迹。她马上看出修改后的轨道参数更佳。看来是飞船升空前的准备工作太仓促，未能选准最佳轨道。她难为情地笑了，耸耸肩，不再说话。

卞士其又合上眼睛。他不愿多说话，他已经很不习惯这种慢吞吞的交流方式。良久，同舱壁的一次轻撞使他睁开眼睛，发现卓丽丽在他的斜上方正梳理头发。在失重状态下，她的一头长发水草般向四周伸展并轻轻摇曳，她聚精会神地同乱发搏斗，好不容易才梳拢、扎好，开始用淡色唇膏涂抹嘴唇。

一种久已生疏的东西悄悄返回他的身体。他同卓丽丽相处到 18 岁，已是情窦初开，卓卞两家在男女问题上都相当保守，他们之间并没有越界的举动。不过，耳鬓厮磨时，丽丽的头发常轻扫着他的面颊、耳朵，是一种麻酥酥的感觉。这种感觉现在又十分鲜活地搔着他的神经。卓丽丽抬起头，见卞士其在凝望她，便嫣然一笑，卞士其却冷淡地闭上双眼。

已经飞出海王星的轨道半径，太阳变成一颗赤白色的小星星，地球缩为微带蓝色的小光点。在浩瀚的天穹背景下，秒速 1000 公里的金字塔号仅是一只缓缓爬行的小甲虫。

卓丽丽抱着阿诚长久端坐在全景屏幕前。明天就要同混沌相遇了，在屏幕上混沌已变得十分巨大，但它仍带着某种光的流动，没有确定的形状，没有清晰的边界，像一个幽灵，使人警惕不安。

几天来他们尝试了所有的联络方法，但混沌毫无反应，仍是一言不发地猛扑过来。无论从视觉上还是心理上，卓丽丽都已经感受到它日益逼近的巨大压力。

直到现在，她对能否完成任务还没有一丝一毫的把握。

按预定计划，他们首先要尽可能在混沌上降落，这样才能有足够的时间去弄清楚真相，相机处理。但金字塔的速度与混沌相比太过悬殊，要想在如此高速的天体上安全降落，无异于用弹弓击落一颗流星。如果降落不成功，那就只有"撞沉"它或将它引爆。

那时，她和卞士其都将灰飞烟灭，化为微尘，散布在宇宙中。

卓丽丽悲哀地长叹一声，她并不是怕死，说到底，人反正要死的，也只能死一次。况且，如果地球毁灭，一个人还能生存么？覆巢之下安有完卵。她是担心能否完成人类托付给她的重任。临机决断的时间是以毫秒计算，只有依赖于卞士其的光速脑袋，别无他法。

她抬头看看卞士其，那一位仍在舱内漂浮，闭着眼，死模死样的面孔。几天来，一直对卞士其委曲求全，陪尽笑脸，这时一股恼恨之情突然涌来，她高声喊：

"卞士其！"

卞士其睁开眼睛，冷淡地注视着她。卓丽丽气恼地说：

"明天我们很可能就要诀别人世了。你能不能赏光，陪我最后说几句话？"

卞士其略为犹豫，飘飞到她面前，阿诚跟着窜过来，亲昵地舔着女主人的手指。卓丽丽见他仍是面无表情，闭口无语，便讥讽地说：

"请问你们的模拟人脑中，是否已淘汰了前额叶和下丘脑部分？"

前额叶和下丘脑是主司感情活动和性激素分泌的，卞士其（在心底）微微一笑。这两天他对卓丽丽的礼貌周全颇为不屑，他知道这是因为（人类）有求于他。这会儿总算看到卓丽丽的率真本性。便笑答："没有淘汰吧。"

"那就谢天谢地了，现在，能否请先生屈尊把手伸过来？"

卞士其慢慢伸出胳膊，揽住姑娘的肩头，卓丽丽把头埋在他的臂弯里，眼泪忽然汹涌流出。卞士其掏出手帕笨拙地塞给她。

良久，卓丽丽抬起头，满面泪痕，强笑道："让你见笑了，一时的软弱，你别担心。"

卞士其怜悯地看着她。在少年时代，他一直是以大哥哥自居的，总是把调皮可爱的小妹妹掩在羽翼下。这会儿，这种兄长之情突然复活。卓丽丽斜眼看看全景屏幕，混沌仍在飞速逼近，她忧心忡忡地说：

"明天的降落有把握吗？"

"尽力而为吧。"

卓丽丽紧握着他的手："拜托你啦，为了我们的父母，为了我们的地球。"

这句话突然激起卞士其的敌意，一股暴戾之气涌出来，他冷淡地撂一句："只是你们的地球。"

卓丽丽浑身一震！冰冷的恐惧从脚踵慢慢升起。她没有想到生死之际，卞士其还念念不忘对人类的敌意，在这种心态下，明天他会全力以赴吗？……她努力调整好情绪，亲切地说："士其，有句话我早想说了。我觉得，在'大脑袋'和'小脑袋'之间制造敌意是毫无道理的，同属人类嘛，尤其在年轻人之间更不该如此。我们的父辈年纪都大啦，难免固执古怪甚至性情乖戾，我们应该理解他们。人脑的衰老不可避免，就拿脑中新陈代谢的废物——褐色素说吧，婴儿是没有褐色素的，但到 60 岁以上，褐色素竟占脑颅中一半以上的空间，它会造成老人智力和性格的变异。"她说，"不过我说的是自然人脑，你们的人工脑中恐怕没有这样的废物积累过程吧。"

她没料到这些话明显地震动了卞士其，沉默很久，卞士其冷淡地说："你放心吧，我不会疏忽自己的使命。"

两人互道晚安入睡。他们都感觉到，突然复活的感情又突然冻住了。

再过 10 秒钟就要在混沌上降落。

金字塔号早已调整好飞行姿态。现在用肉眼也能清楚地看到，一个巨大的天体正飞速逼近，卓丽丽在进行宇航训练时，已作过多次模拟降落，这种地面晃动、飞速逼近的景象，她已十分熟悉。卞士其真正进入临战状态，精神亢奋，紧盯着屏幕，用思维波快速下达各种调整指令。与普通宇航员不同，他两手空空，不操作任何键盘和手柄，这使卓丽丽觉得十分别扭。

金字塔号已进入混沌的引力范围，但混沌的引力相当微弱，与它的巨大形体很不相称，这使飞船降落更像在无重力环境下的飞船对接。金字塔号怒吼着，耗尽了所有的能量用于最后冲刺，想尽量消除两者之间的速度差。巨大的加速产生了超过 15g 的超重值，尽管卓丽丽穿着抗荷服，并且努力缩紧腹肌，调整呼吸，但还是产生了严重的黑视现象。她绝望地祈祷着卞士其保持清醒，然后便缓缓坠入黑暗。在意识完全丧失前，她听到一声沉重悠长的撞击。

我不能死去，我的使命还未完成。

冥冥中有强大的信念在催她醒来。她睁开眼，发现自己已躺在卞士其的怀抱里，光脑壳下一双眼睛正关切地注视着她。她挣扎着坐起来，未等她问话，卞士其就欣喜地说："降落成功了！"

在全景屏幕中看到，飞船静静地躺在混沌表面，眼前是一望无际的平坦，没有其他天体常见的山峰谷地。想不到日夜担忧的降落竟是如此顺利，她感激地握着卞士其的手，喃喃地说："谢谢你，你真了不起。"

卞士其苦笑着摇摇头："我想不是我的功劳，我总觉得混沌是主动者，它迅速调整飞行姿态迎合着我们，把飞船给'黏'住了。"

这句话唤醒了卓丽丽的警觉，她努力起身，急迫地说："快进行下一步吧，探查混沌的真面貌。"

就在这时，飞船发出一声悠长的呻吟，晃动一下，下面的事态使他们目瞪口呆：混沌天体的平坦表面忽然掀起波涛，遮天盖地的波涛缓慢地却是不可阻挡地压过来。

很快他们发现这不是波涛，是飞船所在处在迅速凹陷，混沌的坚硬表层忽然间变成柔软的极富弹性的胶体，从四面八方向飞船逼过来。卞士其怒喝道："上当了！立即起飞，还来得及飞出去！"

卓丽丽迅速制止他："不要起飞！——这样不是更好吗？"她苦涩地说。

卞士其低头看着她，当然明白卓丽丽的意思。混沌的行为已经证明它的恶意，能在混沌的内脏里爆炸，效果更好。他不再说话了，握着卓丽丽的小手，静观事态的发展。

最后一块圆形天穹终于合拢，飞船被绝对的黑暗所吞没。他们感觉到飞船仍在混沌的肌体里下陷，从轻微的超重判断，下落速度还在平稳地增加。

这是一段极其难熬的路程。

他们打开了舱外照明灯光，但灯光穿不透浓稠的黑暗。飞船所到之处，混沌的肌体迅速洞开，飞船经过后又迅速合拢，没有丝毫空隙。黑暗、死寂和恐怖感紧紧箍着飞船。

卞士其和卓丽丽一声不吭，只有阿诚忍受不了这无形的重压，一声声悲哀地吠叫着。

熬过漫长的时间——其实才十几分钟，卓丽丽忽然迟疑地说："有光亮了？"

飞船周围似乎出现了微光，他们正穿越的介质从胶态变为液态，又变为气态。卓丽丽轻声说："把灯光熄灭吧。"

卞士其点点头，用思维波下了命令，全船灯光立即熄灭。这一来他们看清了，舱外的确是朦朦胧胧的微光，光度很快变强，周围的介质越来越稀薄。忽然——就如飞机穿越云层一样，飞船弹跳出去，到了一个明亮的极为巨大的空间。

这是混沌的内腔，是一个空无世界，没有任何实体，没有光源，只有像雾一样飘浮的光团。光团很不均匀，有着错综复杂的明暗和流动，就像海洋里的冷暖潜流。很久之后，人类对这种光场才有所了解。从本质上讲，人类（和电脑）的智力运动本质是能量的有序流动，脑的物质结构只是约束导引这些流动的管道网络 。但混沌已超越了这个阶段，它利用光作为思维载体，不借助于物质约束就能实现能量的逻辑流动。所以，混沌的空腔也可以认为是它的大脑。

这个空无世界的中心，孤零零地悬着一个三维图像，它的形状颇像一个缩小的涡状星系，有两只长长的边界模糊的旋臂，图像一直在缓缓地旋转着。

眼前这些奇特景象使他们迷惑不解。光流自由自在地在穿越飞船，穿越他们的身体和大脑，脑海里有奇怪的感觉，似乎有久已遗忘的前生的语言在不停地呼唤。

飞船很快降落到涡状物附近，然后便静止不动。惊魂甫定，卓丽丽发觉自己正紧紧偎在卞士其怀里，她没有去挣脱，心中有甜甜的苦涩。就在这时，一道白光猛然轰击两人的大脑，卓丽丽茫然扬起头，见卞士其突然亢奋起来，聚精会神地聆听着冥冥中的声音，接着漾出欣然微笑。

卓丽丽迷茫地注视着他，忽然，飞船密封舱的门缓缓打开了，卓丽丽知道这是卞士其用思维波下达的命令。卞士其匆匆向舱外走去，卓丽丽惊慌地喊："你没有穿宇航服！"

卞士其扭回头，匆匆解释道："混沌已测出我们的生存环境，并在飞船周围形成类似于舱内的小气候。不用穿宇航服，你快点出来吧。"

卓丽丽将信将疑地走出舱外，的确，舱外是熟悉的地球大气环境。这里是零重力区域，两人都悬空漂浮着。卞士其告诉她："我已经能读懂混沌的信息了，我现在就同它交谈。"

连续不断的白光轰击卓丽丽的大脑，但是她根本无法理解这些信息。她只能辨出无数令人眼花缭乱的图形，在脑海中呼啸着冲过去。卞士其闭着眼睛，一动不动，从外形很难看出他在同混沌交谈。只有他紧锁的眉头，微微晃动的身躯，亢奋的面容，可以看出他在紧张地思维。

卓丽丽心情很复杂，既感欣喜，又有莫名的恐惧。她和卞士其的力量对比本来就不是一个档次，现在天平那边又加上混沌这个重砝码。如果卞士其怀有二心的话……像是为她的预感作证，胸前一个纽扣忽然无声跳抖起来。她的脸色刷地变白。

这是爸爸同她约定的秘密联络信号，只有最紧急情况下才用。她偷偷看看卞士其，他正在瞑目思维。卓丽丽悄悄飘飞进舱，进入通讯密室，急急打开秘密通讯口。

一定是出现了什么异常事件，而且一定与卞士其有关，她暗自庆幸，混沌的奇异外壳没有隔断地球的电波。

71个大脑袋聚在卞天石屋里，聚精会神地观看全息天体图。

按照预定计划，卞士其将把引爆推迟，在混沌到达土星半径以内时再进行。这样可以在地球上造成"适度灾变"，其规模要足以动摇人类的统治，又不至于毁灭地球，只有这样

才能促进地球生命的变异，文明的进化。

绝不能再让那些智力低下却又自命不凡的小脑袋统治地球了，他们早该被历史抛弃。这次千载难逢的机会，恐怕正是造物主对大脑袋的垂青。

超级电脑模拟了这个过程。当混沌切入土星轨道之后，它猛烈地爆炸了，瞬间变成银河系中最亮的星星。强烈的白光经过 76 分钟到达地球，然后是强烈的粒子风暴。地球电离层被破坏，通信中断，臭氧层在几秒钟内全消失。大气层被吹向地球背面，形成全球范围的风暴，部分大气被吹出地球，形成彗星状的长尾。迎光的东半球几乎同时起火，海水气化爆炸。西半球掀起狂暴的海啸，许多建筑物在刹那间夷为平地。

估计只有不足 1/10 的人可以幸存。

70 个人静静地观看演习，只有酒井惠子悄悄走向窗口，从口袋里掏出一缕青丝，这是她做换脑手术时留下的，一直偷偷保存着。那天，去航天港为金字塔号送行，卓丽丽说："我会回来的，我还要惠子阿姨为我梳头呢。"

那时，她笑靥如花，一头青丝飘逸柔松。回西藏后，惠子就从保险柜里取出自己的长发，悄悄放在身边。

70 个大脑袋仍在讨论灾变行动的善后，当然是用思维波快速交谈。他们都紧闭着嘴，这使他们的表情显得冷酷怪异。

酒井惠子痴痴地看着下天石，下天石是她的恩师，是她心目中的至圣。在师母去世后，又是她深深爱恋的情人。每次浴前松开长发时，卞天石常夸她："你的头发真漂亮！"

尽管他们尚未结婚，但卞士其和丽丽实际早已承认这位继母。丽丽长到 17 岁时还常常偎在惠子阿姨身边，缠着她梳头，也常常由衷地赞叹："阿姨，你的头发真漂亮！"

这些都是前生的回忆了。

做了换脑手术之后，她已学会冷静地思维。在大脑袋看来，"感情"只是对理性的干扰，是思维流动中一团失控的涡流——女人头发的颜色和长短，对于文明的发展有什么关系？对此津津乐道，实在是令人羞耻的低级趣味。几年来，她和卞天石虽然近在咫尺，但相聚的时候很少，既然所有的思维交流可以远距离进行，就不必浪费时间聚会了。她和卞天石也一直没有成婚，在遗传工程上未取得突破前，卞天石不愿意结婚，因为他不愿意养育出"小脑袋"的儿女。这回，他们决定借混沌实行"适度灾变"——是冷静的决定，不是冷酷，他们是为了促进文明的进化。几亿人死于非命，只是这场革命无可避免的副产物。

但是，鬼使神差的，卓丽丽的一头青丝竟然把她的理性思维拦腰截断了！几天来，旧日的感情一下子全复苏了。也许女人天生是理性思维的弱者？她忍不住对镜自照，那丑陋的光脑壳的确惨不忍睹。对于一头瀑布般青丝的痛苦回忆啃啮着她的心。夜晚睡在床上，她渴望能躺在卞天石的臂弯里，渴望天石用手梳理她的长发，就像她对卓丽丽那样。

可是，丽丽马上要在一声巨响中化为空无了！还有士其！她最后瞟一眼卞天石，果断地退出房间。

地球政府的绝密通信线路突然有陌生信号插入。一个光脑壳女人的头像出现在屏幕上，急促地叙述了事情的原委：

"……这就是'适度灾变'计划的详情。我将以个人名义劝说卞天石中断这次行动，请你们立即通知卓丽丽予以配合。要赶快，否则就来不及了。"

一个半小时后，卓太白代表世界政府宣布的命令到达金字塔号飞船：

1. 立即处死卞士其。

2. 卓丽丽全权处理有关事宜。如果无法建立对混沌的控制，就按原计划立即启爆。

卓太白又加了两句：考虑到你与卞士其的智力差异，你要立即处死他，不能有丝毫犹豫，否则他会玩弄你于股掌之上。飞船距地球太远，不可能再同你联系了。永别了，我的好女儿！

屏幕上卓太白老泪纵横。

读完命令，卓丽丽冷静地启动了主电脑的密码锁，从密室里取出电子噪音枪，那是特意研制的，只对大脑袋的脑结构有破坏作用，对于普通人则不会造成共振。所以对卓丽丽来说，这是一件十分安全的武器。

痛苦、愤怒煎熬着她。她羞耻地想起，金字塔号在黑暗中下陷时，自己曾紧紧偎依在卞士其怀里。她自以为用柔情征服了这个异类，可是……那人紧紧拥抱她时，还在想着如何杀死 50 亿地球人！

她镇定了情绪，提着手枪走出密室。卞士其也进入指令舱，正用思维波向飞船下达指令，但主电脑已锁定，屏幕上不停地闪烁着两个字：

"密码？"

阿诚扒动四肢，从舱外飘进来。卞士其回头，见卓丽丽在他身后，手里端着一把奇怪的手枪，枪口对准自己的眉心。卞士其神色自若，静静地看着她。

"你在修改飞船程序？"卓丽丽声音苦涩地问。

"对。"

"你想实施那个'适度灾变'的计划？"

"不错。"

两人沉重地对视。良久，卓丽丽苦涩地说："还有什么话吗？"

卞士其微微一笑："没有，尽管开枪吧。"

卓丽丽狠下心扣动扳机。卞士其摇晃一下，身体突然倾斜，两眼奇怪地圆睁着。阿诚觉察到了男主人的不幸，焦急地冲上去，狠命撕扯他的衣角，唤他醒来，一边对女主人起劲地狂吠。

卓丽丽警惕地围着他转了一圈，确信他已死亡。她丢下手枪，汹涌的泪水凝成圆圆的泪珠黏附在面颊上。她抱起卞士其的尸体，吻吻他的双唇。

"我们为什么非要成为敌人？"她苦楚地自言自语着，然后沉默下来，像一座冰雕。她的思维已经麻木了，但内心深处有一个时钟，嘀嗒嘀嗒地催她醒来。良久，她长叹一声："士其，我们很快就会见面的。"

她想放下卞士其，起身执行起爆指令。忽然身下一声长笑！没等她清醒过来，一双铁钳似的胳臂紧箍住她，卞士其与她对面相视，讪笑地说："在混沌的能量场内，任何武器都失效啦。不过，谢谢你的一枪，也谢谢你的一吻。"

卓丽丽眼前一黑，知道自己失败了，地球人失败了，50亿人死亡的前景马上就要变成现实，这都是因为她的愚蠢……她忽然狂暴起来，怒骂着、挣扎着，挣不脱时，她像一头母狼，一口咬住卞士其的肩膀。

卞士其疼得咧着嘴，用干净利索的一记勾拳把卓丽丽打昏。

卓丽丽醒来时，发觉自己被困在一个无形监牢里，就像包在一团黏稠的透明液体中，她绝望地挣扎着，手足可以挪动，却冲不破这无形墙壁。阿诚扑在这无形的圆筒上，用爪子抓，用牙咬，猖獗地狂吠着。

卞士其正在紧张地破译那道密码，看见卓丽丽醒来，他冷冷地撂一句："你已经陷入混沌的能量场里，不要白费力气。"

这时屏幕上打出一行字："密码解除，请输入后续指令。"

卞士其很快解除飞船起爆的各种预定程序。从飞船飞行轨迹看，混沌已进入木星轨道半径之内，并继续向地球逼近。

卞士其游过来，立在卓丽丽对面，面带讥笑，左肩上血迹斑斑。卓丽丽仇恨地闭上眼睛。

卞士其定定地看着她，目光似乎要把她的眼帘烧穿，但卓丽丽一直没有睁眼。忽然，她神经质地解开长发，让它披落胸前，用手指梳理着，漆黑的长发衬着她的柔美，她紧闭双眼，热切地自语着，像是热病病人不连贯的呓语。不过卞士其都听明白了。

她说："惠子阿姨，你的头发真漂亮！"说话时她又回到7年前的少女时代，连语言也变得清脆婉转。

她说："士其你真坏，也学会向姑娘献殷勤了！——不过我真的像春之女神吗？"这是追忆17岁的一段绯色时光，就是灾难到来之前不久。那天丽丽穿着洁白的夏日休闲装，长发瀑布般滑过裸露的肩头，逆光中脸庞上处女的茸毛又细又密。当时卞士其忍不住赞叹："你真像一尊春之女神！"

她又细声细语地问："士其你是想要个儿子，还是女儿？"卞士其有些愕然。不，他们的爱情尚未发展到这儿就被拦腰截断了，丽丽是在用想象把它补齐。她脸上洋溢着初为人母的圣洁光辉。

卞士其沉默着，打开与地球的通信。屏幕上正播发着地球政府对大脑袋基地的军事包围，蝗虫一样的飞碟带着核弹和电子噪音武器，无数导弹也去掉弹衣。卞士其知道这些图像是有意发来的，妄图对他有所震慑。

他冷笑着关闭屏幕。

阿诚不能理解眼前的事态变化，它茫然地吠着，在寂静的飞船舱里，吠声显得十分清亮。

不知道过了多少时间，能量场忽然解除了。阿诚一下子跌入女主人怀里，大喜若狂，在主人身上蹭来蹭去。卓丽丽睁开眼睛，卞士其正在她对面，目光冷静。她叹口气，她并不指望自己的爱情呼唤能打动这个冷血的杂种机器人，但她也只有尽力而为。忽然卞士其脸上掠过一道微笑，就像一波阳光掠过草地。他从怀里掏出一件东西，一声不响地举在卓丽丽眼前。

是他们的合影。蓝天、白云、金黄色的海滩，泳装裹着青春的身体。他们头顶着头，笑得那样畅意。

卓丽丽闭上眼睛，大滴泪珠从眼角飞出来。

卞士其笑了，伸手拉住丽丽："来，丽丽，我教你与混沌对话。"

他不容分说，拉着丽丽飘出舱外。卓丽丽不知道他在搞什么名堂，狐疑地盯着他的背后。

"你已经看到，我与混沌建立了沟通。这是混沌的功劳，它有一套非常有效的思维交流方式。其实原理是非常简单的，它认为在宇宙的任何地方，光都是最重要的物理量，因而视觉是所有高等生物必不可少的感觉。因此，它们把星际间的交流方式建立在视觉基础上。"

"顺便说一句"，卞士其困惑地说，"混沌似乎没有语言。我曾尽量向它解释，但它似乎从没有语言的概念，可能是一种哑文明。现在你看那个图像。"

尽管有深深的敌意和不信任，卓丽丽还是朝他指的方向看去。混沌的中心悬着那个类似涡状星系的三维图像，两只长长的旋臂正在缓慢旋转。卞士其加重语气问：

"你知道这是什么图像？——是飞船原来的主人，赫拉星人！"

这个出人意料的宣布使卓丽丽十分吃惊，她呆望着卞士其。卞士其笑起来："没错，是赫拉人。尽管它与我们对人的概念太过悬殊，详细情形你自己慢慢观看吧。我还是先把思维交流的原理讲完。在视觉过程中，外界物体反射的光线经过视觉器官，转化为电信号，最后成像于大脑。现在，混沌将不停地向我们脑中输进这个赫拉人的形象，再把我们脑中形成的虚像取出作为参照物。由于异种生命的视觉过程有差异，乍一开始，实像和虚像可能大相径庭，但是混沌会自动地调整输入参数，直到实像和虚像完全一致。调整完成后，两种文明的交流模式就已确立，然后它就能够以光速向你输入有关赫拉人的信息。你听懂了吗？"

卓丽丽点点头。卞士其继续说道："这个方法对你同样适用，刚才你未能理解，只是因为输入速度太快。现在我让它降到每秒米级的速度，也就是你们的神经反应速度。"

一道道白光又开始轰击她的大脑。白光逐渐拉长拉慢，直到分离成一个个独立画面。画面上的形象奇形怪状，毫无章法，但这些形象迅速变形，逐渐向涡状赫拉人的形象趋近，等二者完全重合后便定格不动。随即卞士其说："现在混沌开始为你输入信息。赫拉人认为，就像物质无限可分一样，宇宙的层级也是无限的，某一层级的无数小宇宙组成更高层级宇宙的一个单体，依此类推，其极限称为终极宇宙。幸运的是，赫拉人与我们同属于一个层级，只是分属不同的震荡小宇宙而已，这使我们的交流相对容易一些。"

现在，卓丽丽的脑海里是广袤无边的终极宇宙，镜头迅速拉近，指向一个宇宙群。它在不停地鼓荡着，有的区域膨胀，有的区域收缩，有的地方正在发生大爆炸。卞士其解释道："赫拉人认为，我们这一层级的宇宙是由无数震荡小宇宙组成的。宇宙蛋爆炸后飞速膨胀，形成无数天体，亿兆年后又塌缩成新的宇宙蛋。现在镜头中是赫拉人居住的诺瓦宇宙。"

镜头继续拉近，显示出一个膨胀着的宇宙，继续拉近到一个涡状星系，再是一个恒星系，最后定格在一个行星上。这是一个暗红色的液体星球，由于高速自转呈扁椭圆状。镜头迅速跳闪，显示出液体星球逐渐降温，变成暗绿色。慢慢地，空无一物的表层液体里逐渐出现生命，生命飞速变异、增殖，一直到出现一种涡状生物，它们迅速占领了这个液体星球，缓缓摆动着两只旋臂在"水"中游动。卞士其解释道："这就是赫拉人。赫拉星在不到1亿地球年的时间里进化出这种高等生物。"

接下去赫拉星球迅速变化着，种种光怪陆离的"水"中建筑接踵而出现，空中和"水"中也有不少类似飞船船只的东西。涡状人的形状也在不断变化，最后的画面上，涡状人的边界变得模糊不清，带着某种光晕。卞士其困惑地说："这些信息的含义我一直没弄清。在向我传输时也反复出现过这些画面，似乎是在强调，赫拉人已进化到以能量状态存在？
我们先不管它。往下你会看到，诺瓦宇宙的末日快要来临了，
这儿似乎也逃不脱那个普遍的规律：成熟越早的生命，死亡
也越早。"

镜头拉远，鸟瞰着诺瓦宇宙，这个巨大的宇宙正在快速
收缩。等镜头再推近赫拉星时，这个液体星球已经变形，自
传显著减慢。涡状人就像巢穴被毁的蚂蚁群，匆匆忙忙赶造
一艘逃生飞船——卓丽丽认出那就是面前的混沌。他们倾全
球之力建造了这艘几乎是能力无限的诺亚方舟，不停地向其
中灌注能量。最后，一小群赫拉人进入混沌飞船，向他们的
母族告别。

卓丽丽几乎与混沌心灵相通，她能清楚理解混沌要告诉
她的信息，甚至能理解画面之外的感情。尽管赫拉人没有通
常意义的五官和表情，但她分明感受到告别仪式的悲壮。一
小群赫拉人将带着母族的希望，逃到无边的宇宙之外。它们
将同未知的自然搏斗，力图延续赫拉文明。留下的赫拉人将
平静地迎接死亡。她还感到混沌不仅仅是一条飞船，它还是
一个智能人，是一头通灵巨兽。它带着对主人的忠诚和依恋，
悲壮地点火升空，踏上了未知之路。经过极其漫长的旅程，
混沌到达了诺瓦宇宙的边界，卞士其声音低沉地说："悲剧马
上就要开始了，我想即使以赫拉人的高度文明，对此也未能

预料。混沌正在穿越诺瓦宇宙的边界，所谓宇宙边界，应该是抽象的定义，并无实质意义。但不知道为什么，在边界还是发生了令人震惊的变化，只有混沌未受影响，也许这表明活的生命不能通过宇宙边界。"

卓丽丽的脑海里输进这样的景象：旅途中混沌内的赫拉人正处于休眠状态。但忽然间，它们的身体迸射出强烈的绿光，光晕消失后，赫拉人无影无踪，没有留下任何痕迹。

卓丽丽能感到那时混沌的困惑和慌乱，它在陌生之地焦急呼唤自己的母亲。很长时间之后，它不得不承认残酷的事实—— 一夕之间它已变成弃儿。此后，它在自己体内塑造出赫拉人的形象，就像复活节岛上的土人想用石像留住失去的灿烂文明。然后，它封闭了自己的心智，在宇宙中漫无目的地游荡。

卞士其苍凉地说："这个状态不知道延续了几千万年、几亿年，混沌的心智已蒙上厚厚的硬壳。忽然有一天，它收到地球上的射电信号，它一下子惊醒了，就像是一条已经绝望的义犬忽然听到失踪主人的声音。所以，它毫不犹豫地向地球文明猛扑过来。"

卞士其笑着说："所以你尽管放心。混沌不是寻响水雷，而是寻找主人的义犬。地球已经安然无恙——不仅仅如此，上帝还赐给地球人一个法力无边的神灯。混沌的智力很可能使地球文明一下子跨越了几十个世纪。"

卓丽丽放下心头重负，高兴地笑了。忽然她热泪盈眶，向卞士其扑过去。她的冲力使两个人在空中连续地旋转起来，旋转中卓丽丽还在不停地吻他，泪水涂满两人的脸。

"谢谢，谢谢你，"她哽咽地说，"我感谢你，人类感谢你。"

卞士其还她一个深吻，认真地说："不，我要谢谢你，是你唤醒了我的生命。"

他们紧紧拥抱着在空中飘浮。阿诚不甘寂寞，不满地吠着，向他们飘过来。丽丽笑了，揽过阿诚放在两人怀中。卞士其向她讲述了这几年的情形。

"8年前，父亲命令我去做换脑手术。我心里十分难过，我知道自己将告别人类，告别心爱的姑娘。但我还是遵从了父亲的命令，我是怀着为文明献身的虔诚去做的。

"手术后，我们的思维效率大大提高了。小小的大脑袋文明已远远超过原人类，这使人们坚信自己的选择是正确的。

"但不久我发现，在我们圈子里人际感情日益淡薄。即使我的父亲，对我来说也只是另一部联网的电脑，只有惠子阿姨还常给我一些亲情。我们对人类的敌视日甚一日，不过那时我们认为这只是人类迫害我们的被动产物。

"那时我们太自信，没有一个人从自身找原因，但你关于大脑褐色素的意见使我一下子惊醒了，大自然锤炼45亿年的自然人脑尚未淘汰这些废物，我们的生物元件模拟人脑真的就十全十美么？这几天，我做了大量的计算和理论模拟试验，已经找到了这个恶魔——我们暂命名为'类褐色素'，它在脑中的积累速度比褐色素更快。它的累积使人格日益扭曲、偏执、乖戾，从某种角度讲，换脑10年的大脑袋已经被魔鬼控制了，他们的所作所为实际上是身不由己。

"只有年轻人（尤其是女人）的性激素可以部分抑制类褐色素，所以我和惠子阿姨是幸运者，症状比较轻。这次，大脑袋决定借混沌实行'适度灾变'，老实说，当时我就不敢苟同。即使它能促进地球文明的发展，代价也未免太沉重了，50亿条生命啊！何况其中还包括你。"他深情地说。卓丽丽听得入迷，握握卞士其的手，让他说下去。

"我答应做飞船乘员就是为了见机行事。在我了解类褐色素的危害后，我就更明白该怎么做。幸运的是，我不久就与混沌建立了沟通，它对人类的感情更坚定了我抗命的决心。不过当时我没告诉你，"他顽皮地说，"我想试试你敢不敢对我开枪，原来你真狠心啊！"

他愉快地笑着，卓丽丽表情苦涩，用手轻轻抚摸卞士其的光脑壳，似乎那儿有无形的伤口。她轻声问："真的没有受伤？"

"真的。混沌早告诉我，在它的能量场内决不容许杀戮生命的恶行发生。"

"肩上的伤口呢，很疼吗？"

"当然！你简直就像一头母狼！我差点来不及取消起爆指令，那是我在此之前设置的。我只好给你来一下。还疼吗？"

卓丽丽摇摇头，把头埋在卞士其怀里，等她抬起头来已是泪流满面。她的沉重感染了卞士其，他心境沉重，看着痴情的姑娘。尽管今天上演的是喜剧，但是他们之间仍然可能以悲剧结尾。大脑袋和普通人的鸿沟肯定难以填平。还有，他们是否能很快研究出化解类褐色素的药物？否则，他们最终也会像爸爸那样冷酷乖戾，如果那样的话，他一定在精神尚清醒时自杀，决不会等自己被恶魔控制后再去害丽丽。他把这些愁闷抖掉，说道："不说这些了，还是说说混沌吧。它的未来已安排好了，它将到达近地轨道，成为第二个月亮，你看。"

他打开全景屏幕，在浩瀚的宇宙中，混沌正精神抖擞地飞速前进。这会儿它已经越过木星，进入小行星带，一颗闪亮的小行星在舷窗旁疾闪而过。偶尔有一颗小天体撞在混沌上，激起一波沉重的振荡。混沌的外壳迅速抖动变形，把撞击能量吸收储存，又慢慢恢复正常。混沌飞越火星，蔚蓝色的地球越来越大，卓丽丽甚至能感到混沌内勃勃跳动的喜悦之情。忽然，卓丽丽惊奇地睁大眼睛，她膝上的阿诚突然变成了两只，一模一样，兴高采烈地向他们摇头摆尾。不过卓丽丽莞尔一笑，她看出其中一只轮廓不大清晰，带着某种光的流动，用手抚摸，那儿是一团虚无。她知道这是混沌玩的小游戏，是混沌为自己创造的形象。这只不会说话的灵兽是以这种方式表示自己的喜悦，希望得到主人的宠爱。

混沌的速度已显著降低，等它降到每秒 7.8 万公里时，进入离地球 88 万公里的外太空，它就会变成第二个月亮，直到终生。

地球的观察者发现，混沌进入卫星轨道后，把金字塔号轻轻弹出来。从传来的图像看，卓丽丽抱着阿诚，依偎在卞士其怀里。距地球还有 20 万公里之遥时，她就急不可耐地高喊：

"爸爸、妈妈，我们马上就回家啦！"

宇航局长在屏幕前轻轻摇头，这哪是受过正规训练的宇航员，倒像是去外婆家度假归来的小女孩。不过他没有责备丽丽。他打电话询问有关部门，得知对大脑袋的军事行动已经取消。当然，那几道防线是不能取消的，他知道，如何处理与大脑袋的关系，是世界政府近几十年的最大难题。

失去的瑰宝

　　2050 年 12 月，我离开设在月球太空城的时旅管理局，回家乡探望未婚妻栀子。那天正好是阿炳先生逝世百年纪念日，她在梵天音乐厅举行阿炳二胡曲独奏音乐会。阿炳是她最崇敬的音乐家，可以说是她心目中的神祇。舞台背景上打出阿炳的画像，几支粗大的香柱燃烧着，青烟在阿炳面前缭绕。栀子穿着紫红色的旗袍走上台，焚香礼拜、静思默想后操起琴弓。《二泉映月》的旋律从琴弓下淙淙地淌出来，那是穷愁潦倒的瞎子阿炳在用想象力描绘无锡惠泉山的美景，月色空明，泉声空灵，白云悠悠，松涛阵阵。这是天籁之声，是大自然最深处流出来的净泉，是人类心灵的谐振。琴弓在

91

飞速抖动，栀子流泪了，观众流泪了。当最后一缕琴声在大厅中飘散后，台下响起暴雨般的掌声。

谢幕时栀子仍泪流满面。

回到家，沐浴已毕，我搂着栀子坐在阳台上，聆听月光的振荡、风声的私语。我说，祝贺你，你的演出非常感人。栀子还沉浸在演出时的情绪激荡中，她沉沉地说，是阿炳先生的乐曲感人。那是人类不可多得的至宝，是偶然飘落人间的仙音。著名指挥家小泽征二在指挥《梁祝》时是跪着指挥的，他说，这样的音乐值得跪着去听！对《二泉映月》何尝不是如此呢！阿炳一生穷困潦倒，但只要有一首《二泉映月》传世，他的一生就值了！

栀子的话使我又回到音乐会的氛围，凄楚优美的琴声在我们周围缭绕。我能体会到她的感受，因为我也是《二泉映月》的喜爱者，我们的婚姻之线就是这首乐曲串起来的。

栀子喜爱很多二胡名曲，像刘天华的《良宵》《烛影摇红》《光明行》《空山鸟语》等，但唯独对阿炳先生的琴曲更有近乎痛楚的怜爱。为什么？因为它们的命运太坎坷了。它们几乎埋埋于历史的尘埃中，永远也寻找不到。多亏三位音乐家以他们对音乐的挚爱，以他们过人的音乐直觉，再加上命运之神的眷顾，才在阿炳去世前3个月把它们抢救下来。

这个故事永远珍藏在栀子心中。

1949 年春天，经音乐大师杨荫浏的推荐，另一著名音乐家储师竹（民乐大师刘天华的大弟子）收了一位年轻人黎松寿做学生，历史就在这儿接合了。一次，作为上课前的热身，学生们都随便拉一段曲子，在杂乱的乐声中，储师竹忽然对黎松寿说：慢着！你拉的是什么曲子？

黎松寿说，这段曲子没名字，就叫瞎拉拉，是无锡城内的瞎子乐师阿炳街头卖艺时常拉的。我与阿炳住得很近，没事常听，就记住了。储师竹让其他人停下，说：你重新拉一遍，我听听。

黎松寿凭记忆完整地拉了一遍，储师竹惊喜地说：这可不是瞎拉拉！这段乐曲的功力和神韵已达炉火纯青的境界，是难得一见的瑰宝呀。今天不上课了，就来聊聊这位阿炳吧。恰巧同在本校教书的杨荫浏过来串门，便接上话题聊起来。阿炳原名华彦钧，早年曾当过道观的主持。他天分过人，专攻道教音乐和梵乐，各种乐器无不精通。但阿炳生活放荡，30 岁时在烟花巷染病瞎了眼，又染上大烟瘾，晚年生活极为困苦。一位好心女人董彩娣收留了他，每天带他去街上演奏，混几个铜板度日。

两位音乐家商定要录下阿炳的琴曲。1950 年 9 月，他们带着一架钢丝录音机找到阿炳，那时阿炳已经久未操琴。3年前，一场车祸毁了他的琵琶和二胡，当晚老鼠又咬断了琴弓，接踵而来的异变使阿炳心如死灰，他想大概是天意让他离开音乐吧。客人的到来使他重新燃起希望，他说，手指已经生疏了，给他3天时间让他练一练。客人从乐器店为他借来二胡和琵琶，3天后，简陋的钢丝录音机录下了这些旷世绝响。共有：

二胡曲：《二泉映月》《听松》《寒春风曲》。

琵琶曲：《龙船》《昭君出塞》《大浪淘沙》。

阿炳对他的演奏很不满意，央求客人让他练一段时间再录，于是双方约定当年寒假再来。谁料，3个月后阿炳即吐血而亡！这6首曲子便成了阿炳留给人类的全部遗产。

栀子说，何汉，每当回忆起这段历史，我总有一种胆战心惊的感觉。假如黎松寿不是阿炳的同乡，假如他没有记住阿炳的曲子，假如他没在课堂上拉这段练习曲，假如储师竹先生没有过人的鉴赏力，假如他们晚去3个月……太多的假如啊，任一环节出了差错，这些人类瑰宝就将永远埋没于历史长河中，就像三国时代嵇康的《广陵散》那样失传。失去《二泉映月》的世界将是什么样子？我简直难以想象。

栀子说，这6首乐曲总算保存下来了，可是另外的呢？

据说阿炳先生能演奏300多首乐曲，即使其中只有十分之一是精品，也有30首！即使只有百分之一是《二泉映月》这样的极品，还有两首！可惜它们永远失传了，无可挽回了。

栀子微微喘息着，目光里燃烧着痴狂的火焰，她说："何汉，你会笑话我吗？我知道自己简直是病态的痴迷，那些都已成为历史，不能再改变，想也无用。可是只要一想到这些丢失的瑰宝，我就心痛如割。这么说吧，假如上帝说，可以用你的眼睛换回其中一首，我会毫不犹豫地剜出眼珠……"

我说："不要说了，栀子，你不要说了，我决不会笑话你，我已经被你的痴情感动了。可是，你知道吗？"我犹豫地、字斟句酌地说，"那些失去的乐曲并不是没法子找回来。"

"你说什么？你说什么？"

"我说，我可以帮你找到那些失落的瑰宝。只是我做了之后，恐怕就要失业了，进监狱也说不定。你知道，时旅管理局的规则十分严格，处罚严厉无情。"

栀子瞪大眼睛望着我，然后激动地扑入我怀中。

我们选择了1946年，即阿炳还没有停止拉琴的那个时期。抗日战争刚刚结束，胜利的喜悦中夹杂着凄楚困苦。惠山寺庙会里万头攒动，到处是游人、乞丐、小贩、算命先生。江湖艺人在敲锣打鼓，翻筋斗，跳百索，立僵人，地摊上摆着泥人大阿福。我们在庙会不远处一条小巷里等待，据我们打听的消息，阿炳常在这一带卖艺。小巷里铺着青石板，青砖垒就的小门洞上爬着百年紫藤，银杏树从各家小院中探出枝叶。我穿着长袍，栀子穿着素花旗袍，这都是那时常见的穿着。不过，我们总觉得不自在。行人不经意扫过来一眼，我们就认为他们已看穿了两个时间旅行者的身份。

阿炳来了。

首先是他的琴声从巷尾涌来。是那首《听松》，节奏鲜明，气魄宏大，多用老弦和中弦演奏，声音沉雄有力。片刻之后，两个身影在拐角出现，前边是一位中年女人，穿蓝布大襟上衣，手里牵着阿炳长袍的衣角，显然是他的夫人董彩娣。阿炳戴墨镜和旧礼帽，肩上、背上挂着琵琶、笛子和笙，一把二胡用布带托在胯部之上，边走边拉，这种行进中的二胡演奏方式我还是头一次见到。

阿炳走近了，我忙拉过栀子，背靠砖墙，为两人让出一条路。董彩娣看了我们一眼，顺下目光，领阿炳继续前行。阿炳肯定没感觉到我们的存在，走过我们面前时，脚步没一点儿凝滞。

他们走过去了，栀子还在呆望着。对这次会面她已在心中预演过千百遍，但真的实现了，她又以为是在梦中。我推推她，她才如梦初醒。我们迅速赶过阿炳，在他们前边的路侧倒行着，把激光录音头对准阿炳胯前的琴筒。阿炳的琴声连绵不断，一曲刚了，一曲接上，起承时流转自然。我们在其中辨识出《二泉映月》《寒春风曲》，也听到琵琶曲《龙船》《昭君出塞》《大浪淘沙》的旋律，但更多的是从未听过的琴曲，我未听过，作为专业演奏家的栀子也没听过。我还发现一个特点，阿炳的马尾琴弓比别人的都粗，他的操弓如云中之龙，夭矫多变，时而沉雄，时而凄楚，时而妩媚，而贯穿始终的基调则是苍凉高远。栀子紧盯着阿炳的手，忘物忘我，与音乐化为一体。

即使是我们熟悉的《二泉映月》，听先生本人的演奏也是另有风味。留传后世的那次演奏是粗糙的钢丝录音，无法再现丰富的低音域，再说，那时阿炳也不在艺术生涯的巅峰。唯有眼前的演奏真实表现了先生的功力。我看见栀子的嘴唇抖颤着，眼眶盈满泪水。

整整一天，我们像导盲犬一样走在阿炳先生前面。阿炳先生没有觉察，董彩娣常奇怪地看看我们，不过她一直没有多言。街上的行人或闲人笑眯眯地看着阿炳走过去，他们已见惯不惊了，不知道自己聆听的是九天之上的仙音。不时有人扔给董彩娣几个零钱，她恭顺地接过来，低眉问好。有时阿炳在某处停一会儿，但仍是站着演奏，这时周围就聚起一个小小的人群。听众多是熟悉阿炳的人，他们点名要阿炳拉哪首曲子，或换用哪种乐器。演奏后，他们的赏钱也稍多一些。

夕阳西斜，董彩娣拉着丈夫返回，在青石板上拖着长长的影子。我和栀子立即赶回时间车，用整整一夜的时间重听录音并做出统计。今天阿炳先生共演奏了270首乐曲，大概基本包括他的全部作品了。据栀子说，它们几乎首首都是精品，而且其中至少有15首是堪与《二泉映月》争美的极品！栀子欣喜得难以自禁，深深地吻了我。她激动地说："汉，知道你对人类做出了多大贡献吗？储师竹、杨荫浏先生只录下6首，而我们录下了270首呀。"

我笑道："那你就用一生的爱来偿还我吧。咱们明天的日程是什么？要尽量早点返回。不要忘了，我们是未经批准的时间偷渡。"

栀子说："明天再去录一次，看看先生还有没有其他作品。更重要的是，我想让阿炳先生亲自为他的乐曲定出名字。汉，我真想把阿炳先生带回现……"

我急忙说："不行，绝对不行，连想也不能想。别忘了你出发前对我的承诺！"

栀子叹了口气，不说话了。

第二天春雨淅淅，我们在街上没等到先生，便辗转打听，来到先生的家。一座破房，门廊下四个孩子在玩耍，他们是董彩娣前夫的孩子，个个衣衫褴褛，浑身脏污。董彩娣不在家，孩子们说她"缝穷"去了（给单身穷人做针线活）。阿炳先生坐在竹椅上，仍戴着墨镜和礼帽，乐器挂在身后的墙上，似乎随时准备出门。他侧耳听到我们进屋，问："是哪位贵客？"

栀子趋步上前，恭恭敬敬地鞠躬，说："阿炳先生，我们把你昨天的演奏全录下来了，请你听听，告诉我们每首曲子的曲名，好吗？"

不知先生是否听懂她的话意，他点头说："好呀好呀。"栀子打开激光录音机，第一首先放《二泉映月》，她想验证一下阿炳会给它起什么名字。凄楚优美的琴声响起来，非常清晰真切，带有强烈的穿透力。阿炳先生浑身一颤，侧耳聆听一会儿，急迫地问：

"你们哪位在操琴？是谁拉得这么好？"

栀子的泪水慢慢溢出眼眶："先生，就是你呀，这是你昨天的录音。"

原来，阿炳先生没听懂栀子刚才的话，他还不知道什么是录音。栀子再次做了解释，把录音重放一遍，阿炳入迷地倾听着，被自己的琴声感动着。四个孩子挤在门口，好奇地望着栀子手中能发出琴声的小玩意儿。一曲即毕，栀子说："阿炳先生，这是你的一首名曲，它已经……"她改了口，"它必将留传千秋后世。请你给它定出一个正式名字吧。"

阿炳说："姑娘——是小姐还是夫人？"

"你就喊我栀子姑娘吧。"

他苍凉地说："栀子姑娘，谢谢你的夸奖，我盼知音盼了一辈子，今天才盼来啦。有你的评价，我这一生的苦就有了报偿。这首曲子我常称它'瞎拉拉'，若要起名字，就叫……'二泉月冷'吧。"

栀子看看我。二泉月冷与二泉映月意义相近，可以想见，阿炳先生对自己每首曲子的意境和主旨是心中有数的。栀子继续播放，现在是她挑出的 15 首极品中的一首，乐曲旷达放逸，意境空远，栀子问："这一首的名字呢？"

阿炳略为沉吟："叫'空谷听泉'吧。"

我们一首一首地听下去，阿炳也一首首给出曲名：山坡羊，云海荡舟，天外飞虹，等等。雨越下越大，董彩娣回来了，看来她今天出门没揽到活计。她站在门口惊奇地看着我们俩，我们窘迫地解释了来意。她不一定听懂我们的北方话，但她宽厚地笑笑，坐到丈夫身边。

我俩和阿炳先生都沉浸在音乐氛围中，没注意到阿炳妻子坐立不安的样子。快到中午了，她终于打断阿炳的话头，伏在耳边轻声说着什么。栀子轻声问："她在说什么？"

我皱着眉头说："似乎是说中午断粮，她要把琵琶当出去，买点肉菜招待我们。"

栀子眼眶红了，急急掏出钱包："先生，我这儿有钱!"
肯定她想起人民币在那时不能使用，又急忙扯下耳环和项链：
"这是足金的首饰，师母请收下!"

我厉声喝道："栀子!"

栀子扭回头看看我，这才想起出发前我严厉的嘱咐。她
无奈地看看阿炳夫妇，泪水夺眶而出。忽然她朝阿炳跪下，
伏地不起，肩膀猛烈地抽动。董彩娣惊慌地喊：

"姑娘你别这样!"她不满地看看我，过去拉栀子："姑
娘，我不会收你的金首饰，别难过，快起来。"

我十分尴尬，无疑，董把我当成一个吝啬而凶恶的丈夫
了，但我唯有苦笑。阿炳先生也猜到了眼前发生的事，把妻
子叫过去低声交代着，让她到某个熟人那儿借钱。趁这当儿，
我急忙扯起栀子离开这里，甚至没向阿炳夫妇告别。

栀子泪水汹涌，一直回望着那座破房。

这趟旅行之前，我曾再三向栀子交代：

"时间旅行者不允许同异相时空有任何物质上的交流。这
项规定极为严厉，是旅行者必须遵守的道德底线。你想，如
果把原子弹带给希特勒，把猎枪带给尼安德特人，甚至只是
把火柴带给蓝田猿人……历史该如何震荡不已! 可是，'这一

个'历史已经凝固了，过度剧烈的震荡有可能导致时空结构的大崩溃。"

那时栀子努着嘴娇声说："知道啦，知道啦，你已经交代十遍了。"

"还有，与异相时空的信息交流也不允许——当然少量的交流是无法避免的，咱们回到过去，总要看到听到一些信息。但要绝对避免那些对历史进程有实质性影响的信息交流！比如，如果你告诉罗斯福，日本将在 1941 年 12 月 7 日发动珍珠港袭击；或者告诉三宝太监郑和，在他们航线前方有一个广袤的大陆……"

栀子调皮地说："这都是好事嘛，要是那样，世界肯定会更美好。"

"不管是好的剧变，还是坏的剧变，都会破坏现存的时空结构。栀子，这事开不得玩笑。"

栀子正容说："放心吧，我知道。"

回到时间车里，栀子啜泣不已，我柔声劝慰着。我说，看着阿炳先生挨饿，我也很难过，但我们确实无能为力。栀子猛然抬起头，激动地说："这样伟大的音乐家，你能忍心旁观他受苦受难，四年之后就吐血而死？汉，我们把阿炳先生接回 2050 年吧！"

我吃了一惊，呵斥道："胡说！我们只是时间旅行者，不能改变历史的。需要改变的太多了，你能把比干、岳飞、凡·高、耶稣都带回到现代？想都不能想。"我生气地说，"不能让你在这儿再待下去了，我要立即带你返回。"

栀子悲伤地沉默很久，才低声说："我错了，我知道自己错了。当务之急是把这 270 首乐曲带回去，只要这些音乐能活下去，阿炳先生会含笑九泉的。"

"这才对呢，走吧。"

我启动了时间车。

一辆时空巡逻车在时空交界处等着我们，局长本人坐在车里。他冷冷地说："何汉，我很失望，作为时空旅行管理局的职员，你竟然以身试法，组织时间偷渡。"

我无可奈何地说："局长，我错了，请你严厉处罚吧！"

局长看看栀子："是爱情诱你犯错误？说说吧，你们在时间旅行中干了什么？"

他手下的警察在搜查我的时间车。我诚恳地说："我们没有带回任何东西，也没有在过去留下任何东西。我的未婚妻曾想将首饰赠与阿炳夫妇，被我制止了。"

"这台录音机里录了什么？"

我知道得实话实说："局长，那是瞎子阿炳失传的 270 首

乐曲。"

局长的脸唰地变白了:"什么?你们竟然敢把他失传的乐曲……"

栀子的脸色比局长更见惨白:"局长,那是人类的瑰宝啊。"

局长痛苦地说:"我何尝不知道。栀子姑娘,我曾多次聆听过你的演奏,也对阿炳先生十分敬仰。但越是这样我越不能宽纵。时空禁令中严禁'对历史进程有实质性影响的信息'流入异相时空,你们是否认为,阿炳先生的 270 首乐曲是微不足道的东西,对历史没有实质性影响?"

我哑口无言,绝望地看看栀子。栀子愣了片刻,忽然说:"算了,给他吧。局长说的有道理,给他吧。"

我很吃惊,不相信她肯这么轻易地放弃她心中的圣物。栀子低下头,避开我的目光,但一瞥之中我猜到她的心思:她放弃了录音带,放弃了阿炳先生的原奏,但她已把这些乐曲深深镌刻在脑海中了。270 首乐曲啊,她能在听两遍之后就能全部背诵?不过我想她会的,因为她已经与阿炳先生的音乐化为一体,阿炳的灵魂就寄生在她身上。

局长深感歉然:"何汉,栀子小姐,我真的十分抱歉。我巴不得聆听阿炳的新曲,我会跪在地上去听——但作为时空管理局的局长,我首先得保证我们的时空结构不会破裂。原谅我,我不得不履行自己的职责。"他命令两个警察,"带上栀子小姐和她的激光录音机，立即押送时空监狱。我知道那些乐曲还镌刻在栀子小姐的大脑中，我不敢放你进入'现在'。"

我全身的血液一下子流光了，震惊地望着局长。时空监狱——这是令人毛骨悚然的地方。它的时空地址是绝顶的机密，没人知道它是在2万年前还是10万年后。人们只知道，时空监狱只用来对付时空旅行中的重犯，凡是到那儿去的人从此音讯全无。局长不忍心看我，转过目光说：

"请栀子小姐放心，我会尽量与上层商量，找出一个妥善的办法，让栀子小姐早日出狱——实际上现在就有一个通融的办法：如果栀子小姐同意做一个思维剔除术，把那部分记忆删去，我可以马上释放你。"

栀子如石像般肃立，脸色惨白，目光悲凉，她决绝地说："我决不会做思维剔除术，失去阿炳先生的乐曲我会生不如死的。走吧，送我去时空监狱。"

我把栀子搂入怀中，默默地吻她，随后抬起头对局长说："局长，我知道你的苦衷，我不怪你。不过，请你通融一下，把我和栀子关到一个地方吧。"

栀子猛然抬头，愤愤地喊："何汉！"她转向局长，凄然说："能让我们单独告别吗？"

局长叹了口气，没忍心拒绝她。等局长和两名警察退离，我说："栀子，不要拒绝我。没有你，我活着还有什么趣味？"

栀子生气地说："你真糊涂！你忘了最重要的事！"她变了，一个多愁善感的小女人顷刻之间变得镇静果断。她盯着我问："你也有相当的音乐造诣，那些乐曲你能记住多少？"

　　"可能……有四五首吧，都是你说的极品，它们给我的印象最深。"

　　"赶紧回去，尽快把它们回忆出来，即使再有一首能流传下去，我……也值了。去吧，不要感情用事，那样于事无补。"

　　我的内心激烈地斗争着，不得不承认她的决定是对的。"好吧，我们分手，我会尽量回忆出阿炳的乐曲，把它传向社会。然后，我会想办法救你出狱。"

　　栀子含着泪笑了："好的，我等你——但首先要把第一件事干好。再见。"

　　我们深情吻别，我目送栀子被带上时空巡逻车，一直到它在一团绿雾中消失。

哥本哈根解释

"你甭指望说服我，我是绝不会相信的。"吉猫说。

大象正在操纵手里的遥控器，讥讽地说："你真是把头埋在沙里的死硬的鸵鸟，亲眼看见也不信？"

"不信。不管怎么说，时间机器——它违反人类最基本的逻辑规则。"

他们正坐在大象的时间机器里，它外表像一辆微型汽车，有驾驶窗、车轮、车厢和车门，有方向盘，但外形怪头怪脑。车厢外这会儿是绿透的光雾，是超强磁场形成的。大象扭动遥控器上一个小转盘，光雾逐渐消失，外界逐渐显现——仍是他们出发时的环境，是在大象的超物理实验室里，铁门紧闭，屋里空无一人。时间汽车穿行 22 年的时空距离后又落在 21 世纪的坚实土地上。

嘴巴死硬的吉猫这会儿正暗暗掐大腿、咬舌尖，以确认自己是不是在梦里。刚才，大象——他 30 年的铁哥儿们，中科院超物理研究所所长——确实带他回到过去，回到 22 年前，看着 8 岁的吉猫和大象从南阳市实验小学的大门口出来，破书包斜挂在肩上，边走路边踢着石子。他们是坐在时间车里看这一幕的，密封的门窗隔断了外边的声音，就像一场不太真实的无声影片从眼前流过去。不过，那两人是 8 岁的吉猫和大象——这一点无可置疑。谁能不认得自己呢，尽管有 22 年的时间间隔。再说，那时大象还非要拉他下车，与 22 年前的自己交谈几句呢。但吉猫抵死不下车，因为，与自我劈头相遇，这事儿太怪诞，透着邪气——

"我承认刚才看过的一幕很真实，但我就是不信！仍是那个人人皆知的悖论：假如我遇见 22 年前的我，我杀死他，就不会有以后的我，就不会有一个'我'回到过去杀死自己……这是一个连绵不断、无头无尾的怪圈。相信时间旅行的存在，就要否定人类最基本的逻辑规则。"

大象讥讽地说："病态是不是？你干嘛非要杀死自己，自虐狂呀。"

"我干嘛要杀死自己？我活得蛮滋润的。我只是用'极端归谬法'证明你的错误。你听我从头说吧，第一，你认为你的时间机器能回到过去……"

"已经回去了嘛，你又不眼瞎。"

"好，我暂且先承认这一点。第二，你认为时间旅行者可以把他的行为加入到'过去'，对过去施加某种影响，对不对？"

"对。"

"那么第三，你认为时间旅行者的行为可以影响到今天的真实历史，是不是？"

大象稍微踌躇一下："轻微的变化——可能的，但不会有本质的变化。既然历史发展到目前的状态，就证明它是无数历史可能性中几率最大的，所以，一两个时间旅行者——只要他不是超人——最多只能把历史稍微晃荡一下，等它稳定下来，就又回到原状。"

"强词夺理！牵强附会！破绽百出！"吉猫喊道，"凭这么一个不能自圆其说的理论能说服谁？连你自己也说服不了！"

大象一下子冷了脸："听着，你这个不学无术、自以为是的家伙，不要在我面前奢谈什么逻辑规则。当事实和逻辑冲突时，是事实重要还是逻辑重要？逻辑从来不是无懈可击的，逻辑中一直存在着无法自洽的自指悖论。即使最严密的逻辑体系——数学——也存在着逻辑漏洞，不得不依靠若干条不能证明的公理来盖住地基上的裂缝。量子力学中，分别通过双缝的光子能预知其他光子的行为，这也是违反逻辑的，丹麦科学大师波尔曾绞尽脑汁，才给出极为勉强的哥本哈根解释……上大学时你该学过罗素悖论、哥德尔不完备定理和光子佯谬的，怎么，全忘了？"

吉猫心虚地低下头——没错，这些知识差不多已经就饭吃了。但他仍犟着脖子说："这些都不能和时间旅行的自杀悖论相比，它违反的是最直观、最清晰的生活常识……"

"那只是因为，你为你的推理人为限定了一个封闭的边界，就像克里斯蒂、柯南道尔和阿西莫夫的推理小说，只能看着玩儿，不能当真。实际上，真实生活的边界是开放的，常常有你预想不到的因素作用于历史进程，使你困惑的逻辑矛盾得到化解。这可以算作时间旅行中的哥本哈根解释。"他不耐烦地说，"算啦，下车吧，我已经懒得说服你了。真没见过你这样的宝货，你已乘坐时间机器回到过去，愣是闭着眼不承认它。走吧，下车吧。"

吉猫赖在车上不挪窝："走？没这么便当。你已经搅乱了我的思维，你就有义务再把它理清。"他认真地考虑了一会儿，断然说："听着，我要和你打赌。"

"什么赌？"

"你把时间机器借给我，我单独回到过去，去制造几起悖论；然后回到现在，看你能不能找到什么哥本哈根解释。"

大象略微沉吟："可以，赌什么？"他掏出一张信用卡，"这里有 3000 元，刚打上的上月工资。"

吉猫摇着手指："NO，NO。赌注太小了。我想——谁输了就光膀子跑到市中心大街上喊上三遍：我是疯子，我是疯子，我是哥本哈根疯子！"

大象嘴角上扯出一丝笑意："行啊，当然行啊，这个赌注倒是蛮别致的。可是你对自己的获胜就这么有把握？"

"当然，我相信逻辑之舰无往而不胜。"

"最好想一想失败吧，你可是要兑现的。"

"我认了！"吉猫说，又皮笑肉不笑地说，"可是大象，我的哥儿们，万一我对过去的干扰影响你的现在，甚至否定了你的存在，那该怎么办呢？我的良心要终生不安呀！我今天把话说到前头，如果害怕——你就提前认输吧。"

大象干脆地说："我不怕。我目前的存在就是几率最大的历史，不是一两只蚍蜉所能撼动的。你尽管去用力晃吧。"他教会吉猫使用时间车的方法，便闪到一边。

时间车里，吉猫设定了时间：22 年前。地点：还是那个实验小学的门口。他拨动小转盘，立时，浓浓的光雾笼罩了时间车。等光雾逐渐消散，他看见自己已经飞出铁门紧锁的实验室，停在实验小学门口。周围的人奇怪地注视这辆怪头怪脑的汽车，在他们印象中，这辆车似乎是凭空出现的。

确实是 22 年前的实验小学，大门没有翻修，铁门上锈迹斑斑，横额上的校名扭歪着。吉猫已在心里认定时间机器是真的，想想吧，刚才还在门户紧锁的 2010 年的实验室里呢，这种乾坤大挪移的功夫可玩不得虚假。当然自己不会赌输，他相信，用这台时间机器肯定能干出几件逻辑上讲不通的怪事。到时候——且看大象给出什么样的哥本哈根解释吧。

已经到了放学时刻，他盯着学校的放学队伍，准备施行他的计划。计划很简单，也绝不残忍。他当然不会杀死大象去制造死亡悖论，但他要把 8 岁的大象从 1988 年带走，直接带到 2010 年，与 30 岁的大象会面。可是，如果 8 岁以后的大象在历史上没存在过，他怎么可能长成 30 岁？

大象随着路队出来了，吉猫驾着时间车悄悄跟在后边。他知道大象在第一个路口就会离队，在那儿等着吉猫，两人再搭伴回去，6 年的小学生活中他们一直这样。大象果然在第一个路口停下，立在梧桐树下，用假想的猎枪瞄着树上的麻雀，嘴里砰砰地放着枪。吉猫把汽车靠过去，小心地喊："大象，过来。"

大象惊奇地走过来："叔叔，是你叫我吗？你怎么知道我的名字？"

吉猫莞尔一笑：好嘛，我成大象的叔叔啦。他说我当然知道，你是在等你的好朋友吉猫，对不？你们家住在前边街口的府衙大院里，对不对？那位大象忽然福至心灵地说：

"你是吉猫的叔叔吧，和他长得那么像。可是，我从来没有听说吉猫有叔叔呀。"

吉猫想，得，我又成自己的叔叔了。他说："大象快上车，我要带你见一个人，一个与你关系最密切的人。"

"谁？"

"一见你就知道了。快点。"

"可是，我要在这儿等吉猫呢。"

"那有什么打紧，他等不到你会自己回家的。"

大象犹豫了一会儿，终于经受不住诱惑，上了汽车，小心地抚摸着小牛皮的座椅和闪着柔光的仪表，他从没坐过这种怪头怪脑的车呢。吉猫调好目的地和目的时间，绿色的浓雾霎时笼罩了时间车。少顷，光雾消散，他们已位于关锁重重的超物理实验室，大象（30 岁的大象）仍在旁边站着。小大象奇怪地问：

"汽车怎么不走呢？"

"已经到了，在刚才的一瞬间，咱们已经走了 22 年的路。下车吧。"

他打开车门，车下的大象问："旅行结束了？"

"对，我给你带来一个特殊的客人，喂，下车吧。"

8岁的大象已经注意到车外的环境巨变，迟迟疑疑下了车，他看见一位30岁左右的人立在车旁，眉眼似乎很亲切，就礼貌地打招呼："叔叔你好。"

吉猫忍俊不禁大笑道："叔叔！多奇怪的叔叔！再仔细看看他是谁？"

小大象不知道自己错在哪里，十分困惑。30岁的大象皱着眉头说："吉猫，你真胡闹，把他带来干啥？"

"干啥？想听听你的哥本哈根解释。请注意，我于1988年10月17日把8岁的大象带到你这儿，那么，从此刻起他就不在真实世界里存在了。他的（你的）爹妈会为他的失踪焦急哭泣，悬赏追寻，也会随着时间的逝去把痛苦淡化。那么，'你'又是从哪儿来的呢？你是凭空出现的吗？"

30岁的大象刻薄地说："我原以为你会想出什么墨杜莎式的难题呢，看来真是高估你的智力了。我且问你，这个小孩——8岁的大象——你想如何处置？你打算把他养大吗？"

吉猫想想，只得摇摇头。的确，他打算在大象服输之后就把童年的大象再送回去，若把他放到21世纪养大——吉猫可没这个耐性，也无疑会产生种种冲突。大象说："这不结了，只要你把他送回去——我的人生之路自然就接续起来。"

"可是这个大象有了一个新的经历！他在8岁时坐过时间

机器，见到22年后的自己，你有这段经历吗？"

"我干嘛要让他有这段经历，把他送回到坐时间车之前不就行了？"

吉猫目瞪口呆。他没料到这一点，是啊，如果你承认时间机器，你就得承认人世间的逻辑规则已经变了，就不能按常规推理了。两人说话时，8岁的大象一直瞪大眼睛，轮番睃着两人，这时才兴奋地叫起来：

"原来你们不是叔叔，是22年后的我和吉猫！原来这辆车就是时间机器！哈哈，吉猫，"他对"叔叔吉猫"的恭敬一扫而光，提名道姓地喊着，"我早说过时间机器是可以存在的，你偏不信，这回你认输吧。"

吉猫暗暗叫苦，是他把一个大象变成两个，二比一，他还能辩赢吗？小吉猫还在兴奋地嚷：

"这下我更有信心啦。我一定好好学习，好好钻研，30岁前把时间机器发明出来——我已经亲眼见了嘛。"

吉猫没好气地说："行啦行啦，这个回合算我输，我现在就把大象送回去，送到他看见时间机器之前，把这段经历变成虚经历。"

8岁的大象还没过完瘾呢，缠磨着："不要这么快就把我送走嘛，要不，把我送到过去看看？"

吉猫坏笑着："行啊，把你送到你出生前，参加你爸妈的婚礼？"

小大象的眼睛亮了："那敢情好！看看我爸妈那时认不认得自己的儿子。"

30岁的大象说："别胡闹啦，走吧，送他回去吧。"

吉猫调好时间，把大象送回到他们见面前的时刻。小大象恋恋不舍地下了车，融入放学的队伍，他有了一个奇特的经历，但失去了"实经历"后，他的记忆会很快淡化、忘却，亲人们会把他的叙述看成小孩子的白日梦。吉猫目送他消失，心想下一步该怎么走？想起刚才说让大象参加他父母的婚礼，他忽然灵机一动。对，我要赶到那场婚礼之前，想办法推迟它。那时大象就要变啦。孩子是由父母一对精卵结合而成——但究竟是哪一对，却全凭天意。婚礼推迟后，他们的孩子就会变成另一个大象，没准还会变成一个姑娘呢。

这个主意是不是有点儿恶毒？他格格笑着，把时间调到31年前。

发廊的葛艳梅看见一辆怪头怪脑的汽车停在门口，一位衣冠楚楚的年轻男人下车，看看发廊的名字，然后走进来。这是1979年，国内开汽车的有钱主儿还没有孵出来呢，所以葛小姐一眼就认定他是华侨富商。她很激动，甜甜地笑着迎上去："先生您理发吗？"

吉猫瞅着她，没错，这就是未来的大象妈，虽说年轻得多，但眉眼间大差不离。他原想大象妈会认出自己的，毕竟有七八年他在柳家常来常往，葛阿姨对自己很熟的。但眼前这位葛小姐显然没有故人相逢的味道。他突然想通了，在心中骂自己是笨蛋。这时的葛艳梅可从没见过什么吉猫甚至大象，这俩哥儿们那时还在阴山背后转筋呢。他咳嗽一声说：

"葛阿……葛小姐，我是从很远的地方来的。"

葛艳梅立时两眼放光！这个华侨富商竟然认得自己！他来这儿有什么用意？这年头，又年轻又漂亮又有钱的华侨，可比白脖老鸹还难找哩。她媚笑着：

"对，我姓葛，先生认得我？"

"我认得。我知道你和柳建国先生下月就要结婚，是吗？"

葛艳梅的目光暗淡下来。是啊，两家商定一个月后办喜事，这会儿建国正和他老爹在粉刷那间小屋呢。既然来客了解得这样详细，自己也不必有什么非分之想了。她懒懒地说："先生你问这干啥，你也要参加婚礼吗？"

吉猫尴尬地说："不，我参加你们的婚礼——不太合适。我只是想请你把婚礼推迟一下，推迟4个月……"

葛艳梅心中又燃起希望："为什么要我推迟？"她含情脉脉地看着对方，低声说，"你有什么想法请爽快说吧。"

吉猫心里纳闷，这位未来的葛阿姨说话怎么腻声腻气的，过去没觉得啊。他笑嘻嘻地说："原因我就不说啦。不过，如果你能满足我的要求，我会尽量作出补偿。"

他从口袋里掏出 3000 元钱，已兑换成零钞。他知道这对于 1979 年的人来说可是一笔巨款，而且依他的了解，葛阿姨并不是见钱不眼红的人。果然，她的眼睛睁大了：

"多少？ 3000 元？我的妈呀，这是真钱吗？哪有 100 元一张的，是冥钞吧。"吉猫低头看看，果然夹有一张 1999 年版的红色百元币，忙收拾起来，尴尬地解释着，"当然是真的，不过银行还没正式发行呢，我给你换成 10 元币。"

葛艳梅没追究这点小误差，她把钱捧在手里，激动得几乎背过气。有这么多钱，让她推迟 4 个月婚礼算什么？ 4 年都行！她兴高采烈地说：

"我当然答应！"她还没有放弃对来人的希望，"可是，你为什么要我推迟婚礼，告诉我实话嘛。"她娇声说。

吉猫含糊地说："只是因为我和旁人的一个小赌赛。你就不要问了，把钱收好，我要走了。"

等葛艳梅锁好钞票追上来，那辆汽车已在绿光中消失。

吉猫在时间车里盘算着下一步。他要确认婚期真的推迟后再回去验证大象的变化。可是，在这里等 4 个月也够乏味的……忽然他连连摇头，再次骂自己笨蛋。虽然有了时间车，他一时还难以走出旧的思维模式——干嘛要等 4 个月？他可以马上进入 4 个月后嘛。

他立即调整时间，绿雾散去，他又出现在发廊前，不过已经是 4 个月后的发廊了。他想进去打探消息，忽然听到激烈的争吵声，是大象的爸爸——未来的爸爸柳建国："好好的你为什么变卦？那个王八蛋小白脸究竟跟你说了什么？"

吉猫忽然意识到，这个王八蛋小白脸恐怕指的是自己！无意中听到长辈的吵骂，又和自己有关，他觉得很尴尬，想退回去，这时又听见葛小姐（葛阿姨）尖声骂：

"放屁！不管小白脸小黑脸，咱收了人家的钱就得说话算数。过了这月 20 号才能结婚，一天也不能提前。你想想，2000 元哩。"

吉猫想，3000 元怎么变成 2000 元了？葛阿姨打了小埋伏。不过埋伏得不多，大节还是好的，再说，拿钱后这么守信，也很可贵。他不好意思再听下去，也不需要再听了，急匆匆回到时间车里。

他在出发的那一刻又返回到超物理实验室，大象仍立在那儿未动，讥讽地说："又辛苦一趟，这次有啥收获？"

吉猫心中放松了，没错，听这鬼腔调就知道还是那个大象，没有变——模样没变，工作没变，更没变成女的。刚才跟葛阿姨捣鬼时他心里很矛盾的，一方面，作为大象的铁哥儿们，他当然不愿意自己的干涉会伤害大象；另一方面，他又盼着自己的干涉能在大象身上留下什么印记，赢了这场赌赛。他围着大象转，摸他的后脑勺，揪鼻子，扯耳朵，折腾一遍后不得不作出结论：这还是那个大象。他嬉皮笑脸地说：

"大象，现在请你解释一下，你为什么没有变。老实说吧，我这次用了一点小花招，让你妈把她的婚期推迟了四个月。所以，从理论上说，你已不是'那对'精卵子所孵化的大象啦。"

大象迟疑地说："我不明白你的意思。"

"这么说吧，原来的大象是 1980 年 6 月 2 号出生……"

"没错，我就是 1980 年 6 月 2 号出生的呀。"

"可是你爸妈的婚期被我推迟了，是在你出生 6 个月前才结的婚！"

大象有点尴尬，但也没怎么当回事，没好气地说："这点我早就知道了，还用你跑到 31 年前去调查？我爹妈——当然是婚前就怀上我啦，结婚日期和我的出生日期在那儿明摆着嘛。"

吉猫目瞪口呆，没想到这一回合输得这么惨，他犯了最低级的错误。没错，就在他用一个月工资贿赂葛阿……葛小姐推迟婚期时，就在葛小姐对一位华侨富商脉脉含情时，一个小大象已经在母亲的子宫里悄悄生长。吉猫推迟了他们的婚期——却没能推迟大象的孕育。

大象不动声色地问："我这次的哥本哈根解释能说通吗？是不是该认输了？别忘了咱们的赌注。"

吉猫恼火地说："还没到认输的时候呢，你等着我！"他钻进时间车，刹那间消失。

吉猫溯着大象家族的历史，一站站打听着向前追踪。他几乎已确信大象的观点是正确的，历史不可更改，它就像科幻小说中的机器人怪物，你打伤它，杀死它，甚至把它熔成一汪铁水，但它抖抖身躯，又恢复了原形。

既然这样，他就要出狠招了，在这之前，他一直不忍下手哩。他当然不忍心杀死大象、大象的父母或爷爷外公，但在柳家先祖中难道找不到一个该杀的恶棍？他要杀了他——在他生下后代前杀了他，然后回过头看看柳大象是否还能出现在原来的历史节点上。当然这么做有点狠心，如果他的铁哥儿们真的从历史长河里消失？不过——他有办法挽救的。不要犹豫了，干吧。

柳家没什么显赫的先祖，祖父是泥瓦匠，曾祖是杀猪的……很好，吉猫没费事就找到了一个合适的目标，是大象的上四代曾祖，一个杀人如麻的土匪头子。他曾率众攻破镇平县城，劫掠三天，抢了一位姑娘当压寨夫人，柳家的血脉就是从她这儿传下来的。镇平城里火光冲天，各商家的大门被砸开，货物被抢光，尸首横躺在石板路上……吉猫觉得，朝这位匪首柳四柱开枪，良心不会不安的。

他坐时间车回到城破的前一天，把时间车留在隐蔽的树丛里，拎一支小口径步枪，是他从学院体育系偷出来的比赛用枪，带瞄准镜，准确度极高。他爬上城墙，守城的团丁看见他，立即有几条土枪和大刀对准他："哪儿来的，你要干什么？"但吉猫奇怪的衣着和武器把他们震慑住了，吃吃喝喝的不敢逼近。

吉猫微笑着解释："我是来帮你们的。要不，柳四柱今天就会攻破城池，百姓就要遭殃了。快让开，柳四柱马上就过来了，让我干掉它。"

团丁们犹犹豫豫地闪开，吉猫趴到城墙的墙垛上，城外一堆人耀武扬威地走近了，瞄准镜中的十字套上了匪首的脑袋。虽然相隔四代，但从他身上还是能看出大象的影子，一刹那，吉猫有些不忍心扣下扳机。不过想到城破后的惨景，他终于钩动手指。啪！远处那人手一扬，仰面倒下去，隐约听见喽啰们在喊："大当家的死啦！大当家的被暗枪打死啦！"

吉猫回过头微微一笑："好了，土匪头子死了，县城安全了。"不等团丁们醒过劲儿，他已闪身下了城墙。他回到时间车里，调整好返回参数，忽听外面喊着：

"恩人留步！大侠留步！"

三四个穿长袍的人跌跌撞撞向这边跑来，吉猫向他们挥挥手，扭动小拨盘，立时绿雾淹没了时间车。

绿雾散去，时间车回到21世纪的土地上。吉猫心绪极佳，看吧，他不费吹灰之力拯救了一城百姓，功成之后悄然而去，给那方土地留下一个美丽的传说。此番作为，虽古之大侠不为过也……有人敲车门，是一位年轻人，奇怪地盯着他的时间车："先生，你是从哪个时代来的？"

吉猫跳下车，"柳大象在吗？"

"柳大象？这儿没有这个人。"

"就是你们的所长啊。"

"不，我们所长姓胡。"

吉猫拿眼盯着他："这儿是不是超物理实验室？今年是不是2010年？那么，你们从没听过柳大象这个名字？"听到肯定的回答，吉猫不由惘然，那么，由于他的那颗子弹，真的让大象从历史长河中消失了？

年轻人带他去见所长，吉猫听他压低声音介绍："……他是乘时间车来的……外形与我们的设计完全一样……他说所长是柳大象……"

所长点点头，向吉猫走过来，矮胖子，40岁左右，眉毛很浓。这人无论如何不是柳大象，或柳大象的变型。胡所长看来也一脑门问号，有一万个问题等着来人解答。吉猫机敏地卡住他的话头：

"以后再问吧，以后再问吧。现在我想和你合张影，好吗？"

他让年轻人拍完照，把相机扔到时间车里，顺势钻进去，把时间调到他开枪的刹那之前。胡所长着急地拍着车窗喊："先生留步！先生且留步！"

时间车刷地消失了。

他急忙回到城墙上，对于以下该怎么做，他早已成竹在胸，否则刚才他也不敢朝铁哥儿们的先祖开枪。一句话，有了时间机器，历史是可以反复迭代的。他既能让大象从历史中消失，也有把握把他从历史的阴面再揪回来。刚才见过的团丁们看见他，大惊失色，齐刷刷跪下来磕头——刚刚上来一个，这会儿又来一个，这人会分身术，怕是神仙吧？那边的吉猫正要扣下扳机，后一个吉猫赶过去拍拍他的肩膀。先一个吉猫回头看看他，并没表现出惊奇，只是问：

"打死这个老土匪后柳大象真的会消失？"

"嗯。所以，这个家伙……留他一条命吧。"

先一个吉猫犹豫着："那……县城的百姓……"

"打他肚子！叫他死不了也活不安稳。"

"好吧。"先一个吉猫把枪口稍稍下移，啪！远处的匪首仰面倒在地上。两人急急走下城墙，团丁们磕头不已，不敢仰视。树丛里有两辆一模一样的时间车，他们回到各自的车里，互相叮咛："可把参数调准啊，让咱俩同时在原地出现，合而为一，否则咱俩只好决斗了。"

两人反复校准了时间参数，听见有人大喊："仙人留步！仙人留步！"几个穿长衫的人跌跌撞撞跑过来，时间车刷地消失了。

两道绿影合为一个，吉猫从车中钻出来，先检查检查自己，没事，没变成两个脑袋四只耳朵的怪物。柳大象仍在原地站着，仍是阴阳怪气的腔调：

"晃荡历史的英雄回来了？看来你没能把我晃走嘛，认输吧。"

吉猫笑嘻嘻地看着他，觉得自己很有精神优势。他曾用一颗子弹改变了大象的存在，又心地仁慈地把哥儿们从鬼门关上救回来。可是你看大象那德性，他不知道这中间的曲曲折折，还蛮脆生呢。他轻松地说："大象，你的先祖中有没有土匪？"

柳大象多少有点儿尴尬，没错，他的四代曾祖是家乡闻名的匪首，曾奶奶就是他抢来的，后来在他曾奶奶的劝说下改邪归正了。这段历史大象早就清楚，不过，为长者讳，他从没对外人说过，包括自己的铁哥儿们。他不快地说："有一个吧，咋？"

"我用小口径步枪把他干掉啦，柳家血脉也自此断绝了。2010年超物理实验室没有柳大象，是一个姓胡的胖子当所长。看吧，这是我拍的照片。"

他把自己的杀手锏甩出来，大象看看，没有大惊小怪，平静地问："后来你赶紧返回，拦住另一个正要开枪的吉猫，又把我救了出来，对不对？"

"对，你怎么——"

"你的斤斗还能翻出我的手心？现在，既然我还在这里，那么你还是输了。"

吉猫喊道："真脸皮厚！不是我心存仁慈，你这会儿还在阴河里呛水哩。"

"你也是历史的一部分，"大象干脆地说，"你的恶作剧和怜悯心都是塑造历史的诸多动因之一，而我的结论恰恰是基于所有历史动因的综合。所以，你还是输了，准备兑现你的赌注吧。"

尽管一百个不情愿，三天后吉猫还是在市中心最繁华的地方脱光膀子，大喊三声：

"我是疯子！我是疯子！我是哥本哈根疯子！"

其实，这天的局面远没有他预想的那样难堪，行人们用漠然的眼神望望，继续走他们的路。女士们匆匆避开，可能是怕疯子干出更不雅的事。只有两个孩子比较感兴趣，笑嘻嘻地围观着。大象微笑着把衬衣递给吉猫，说，表演及格了，穿上吧，咱们回去。

吉猫倒觉得，自己攒这么大劲头来耍疯，竟然没激起些许水花，实在不甘心。他边穿衣服边问那两个小孩儿："我是疯子，你们知道不？"

孩子们笑着："当然知道啦！可是，为什么是哥本哈根疯子？"

秘密投票

资料之一

量子幽灵

20世纪20年代，埃尔温·薛定谔和维尔纳·海森堡创立了量子力学，它是基于亚原子粒子的波—粒二象性和量子世界的内在模糊性。70年代，它已发展成富丽堂皇的理论大厦。迄今为止，所有极端灵敏的原子试验都以令人惊讶的精确度证实了量子效应；它对诸如粒子结构、基本粒子的产生和湮灭、超导性及反物质的预言，对某些坍缩恒星的稳定性所作的成功解释，证实了量子理论的强大生命力。

然而，这个富丽堂皇的大厦却是建立在一种深刻而不稳定的佯谬之上。这个佯谬已超出正统物理学家的逻辑思维所能容许的程度。爱因斯坦便是一个坚定的反对派，他的名言是："上帝不掷骰子。"

资料之二

薛定谔猫佯谬

对量子世界的内在模糊性可以用一个简单的例子说明。把一个电子装入黑盒中，根据海森堡不确定性原理，该电子以相等的可能性位于盒中任何一个地方。现假设插入一块屏将盒子分成 A、B 两腔，在我们未窥视之前，该电子以相同的可能性处于两腔室之中，就像每腔中存在一个电子幽灵。只有当观察者确认它在某一腔时，另一腔的电子幽灵才即时性地消逝。即使此时 A、B 两腔已经被分开到数百万光年的距离，使两者之间不可能有任何有效的信息传递，这种即时性的联系依然存在。量子力学的奠基人薛定谔早就觉察到这种佯谬可以放大到宏观级上出现，他设计了一个著名的思想实验："一只猫关在黑盒中，盒中有很小一块辐射物质，按它的衰变几率，一小时内可能有一个原子衰变，或许没有一个原子衰变。通过一个机构，衰变原子可以打开一个氢氰酸瓶。所以，没有原子衰变时，猫是活的；反之，是死的。"

由于量子世界的不稳定性，这只可怜的猫将处于悬而未决的死活状态中，直到某个观察者窥视时，它要么生气勃勃，要么立即死亡。

猫佯谬摧毁了我们把量子幽灵局限于微观世界的愿望。如果遵循量子理论的逻辑，则大部分物理宇宙将处于不稳定状态。

资料之三

芯片中的电子幽灵

20 世纪 70 年代，英特尔公司创始人戈登·穆尔提出穆尔法则：芯片集成度每年将增加一倍。这个法则至今为止一直是正确的。到 2001 年，芯片商将用可见光刻印出 0.193 微米的线刻宽度的芯片，下一步将用深紫外光刻出 0.13 ～ 0.18 微米的机构，再下一步用超紫外辐射刻出 0.05 微米的机构。这时将有量子效应导入芯片，电子像任性的幽灵一样跳来跳去。

这项技术的开发将耗费上万亿美元，是任何一个公司或国家也不能独立承受的，这样的巨额开发费实际将导致技术独裁。

佐藤先生打来电话时，7岁的孙子小勇正玩得高兴。今天的游戏是"托起一个冷太阳"，难得他父亲为他设计出这么多趣味盎然的科学游戏。他父亲就任三亚能源研究所所长后，已经6年没有回家了，尽管全息传递能使他看到、听到、摸到、嗅到自己的儿子，但终究不是真正的感情交流，所以他设计的这些游戏是一个父亲的感情补偿。可惜，冷聚变技术诞生40年后，海洋中那些似乎取之不尽的冷聚变原料（氘、氚）已经将近枯竭，都花在耗费巨大的宇宙开发上了。

小勇做游戏时，我坐在凉台上，一直用小型透视仪悄悄观察他。我知道这个小家伙生性莽撞，天不怕地不怕，令人担心。不过，这个游戏他倒是做得一丝不苟。他圆睁双眼，小心翼翼地用激光点燃金属氢靶，所产生的极高压力和温度点燃了冷太阳。立时，小小的玻璃罩中闪烁着清冷的微光。小勇兴高采烈，立即拨通朋友的电话："小华，小华，你的游戏做成功了吗？我做成了，你看，它正在那儿闪光哩。"

屏幕上的小华羡慕地看着玻璃罩中的闪光。正在这时，电话铃又响了，屏幕左上部显出通话者的电话号码，是从日内瓦打来的。我拿起话筒，屏幕自动分成两半，一个谦恭的中年人出现在左边屏幕上："你好，司马金先生。我是否先做一番自我介绍？"

我笑道："不必，我认识你，佐藤育治先生，世界政府未来发展部部长。有什么需要我效劳吗？"

"世界政府想请您去采访一个重要会议，非常、非常重要的会议。"他吐字缓慢地强调道，"绝不亚于您30年前采访量子机器人的诞生。我们想请您用如椽之笔记下这一历史性的时刻，就像30年前那样。"

我笑道："我知道，你们是想在庄严的会场上摆一只青瓷古花瓶。好吧，我很乐意去。还有哪些人参加？"

"这是一次秘密会议，世界政府不派任何人参加——我们不想在这样深奥的科学会议上充当'聋子的耳朵'。也没有通知新闻界，只有一位年轻的女记者莎迪娜陪您去。

小勇早已结束与小华的通话，目不转睛地盯着佐藤先生。佐藤微笑道："这是您的小孙孙吧，机灵的小家伙。"

"对，是我的孙子小勇。请问会议地点？"

"海南岛三亚市。"

我立即证实了我暗中的猜测，儿子当所长的三亚市是世界上唯一有能力进行真空能研究的，不用说，这次会议肯定与此有关。看来佐藤先生也猜到我的思维，笑着补充道："令郎司马林先生是与会的21名代表之一。代表中至少还有一位是您的熟人：科学界的元老奥德林先生。"

我沉默了，这句话足以使我了解这次会议的重要性。奥德林先生生前是世界最著名的物理学家，量子机器人之父，门下桃李成群，很多弟子（包括我儿子）已是当今的科学泰斗。他的头脑十分睿智，去世前仍不减色。他是 10 年前去世的，但那个宝贵的头颅被作了"永生"处理，以便在关键时刻仍能听取他的建议。这是他 10 年来的第一次复活。

我只顾沉思，没注意到小勇一直在偷偷地动心思。这会儿他拉拉我的胳膊央求："爷爷，让我也去吧。"这个机灵鬼知道我不会同意，不等我开口拒绝便径直转向佐藤先生，笑嘻嘻地说："佐藤伯伯，让我也去吧，我还没有'真正'看过爸爸呢。"

我喝道："不许胡闹！"把他从屏幕旁扯走。小勇用力挣扎着，回头看着佐藤先生。佐藤先生略为考虑后说："让他去吧。这是一次决定未来的会议，让一个'未来'的代表列席，倒也颇有纪念意义。"

小勇立即欢呼雀跃，就像一只蹦上蹦下的百灵。佐藤先生告诉我，莎迪娜小姐已经出发同我会合，很快就要到达我的寓所。然后，含意深长地说：

"Good luck（好运气）！"

在其后的采访中我才悟到，这绝不是一句普通的礼貌用语。

在等莎迪娜小姐的空当儿，我开始对这次采访稍做准备，从电脑中调出有关真空能的简要资料。做了一辈子科学记者，退休后我仍用一只眼睛盯着科学界的进展，所以对这项研究并不陌生。我知道地球上 30 年来爆炸性的发展已耗尽矿物能源，核能源即将枯竭，可再生能源是杯水车薪。开发真空能是唯一可行的出路——碰巧真空能又几乎是无限的。一旦开发成功，人类在数万年、数十万年都不用再担心能源问题。我还从屏幕上搜索到一段话，这是我儿子 5 年前在世界政治家联谊会上所作的关于真空能的科普报告：

"早在 20 世纪 80 年代，一些最敏锐的科学家已猜测到真空并不空，它蕴含着极为巨大的能量，每立方厘米达 1087 焦耳级。核能是迄今为止人类获得的最强大的能源，但与真空能相比实在是微不足道。这种伪真空是不稳定的，可以用某种方法激活。一旦做到这一点，人类将会在一夜之间成为一个过于富裕的富人，不知道该如何花费自己的财产。"

书房里监视顶楼停机坪的屏幕自动打开了，我看见一架龟壳型的微波驱动双人飞碟正在降落，年轻的莎迪娜小姐轻盈地跳出来。我按下通话钮："莎迪娜小姐，中央电梯已经打开，请下来吧。"

莎迪娜向我嫣然一笑，走进电梯间。电梯在 280 层高楼中高速下降时，我一直在屏幕上端详着她。这是一名印度女子，戴着洁白的沙丽，额头点着红点，长得异常漂亮，是那种非常完美的美貌，所以我怀疑她是量子人，即用量子电脑做大脑的生物机器人。

莎迪娜从电梯门中走出来，我迎上去同她握手。她的身段婀娜飘逸，微褐色的皮肤毫无瑕疵。当然我不会不识趣地说出我自己的猜测，在22世纪，不问对方的族类与不问女士的年龄一样是起码的礼节。

但莎迪娜小姐却异常坦率："你好，司马金先生，我叫RB\莎迪娜。"RB—Robot，这是量子人的识别符。29年前，世界政府曾通过一项法令，规定量子人在人际交往中必须先报自己的族类。后来，随着量子人的强大，在反对族类歧视的旷日持久的斗争中，这项法律已名存实亡。不过近年来量子雅皮士中有一种复古倾向，他们不再羞于RB的头衔，这种变化与量子人实力的增加是同步的。

"很高兴能与德高望重的司马先生同去采访。我与令郎很熟悉，甚至可以说他是我心中的偶像，当然这是没有希望的单相思。"

她笑着说，声音十分甜美。我当然不会对她的玩笑认真，也笑道："谢谢你对我儿子的推崇，不过最好不要让我孙子听见，我怕他要挺身出来保护母亲的感情专利。对了，佐藤先生已准许这个小家伙与我们同去。现在就出发吧。"

"好的。"

我唤上小勇，乘中央电梯升到 280 层楼顶，柔性机构的大楼在微风中轻轻摇荡，天空碧蓝如洗，能望见远处的宇航巴士站的尖顶。小勇一看见那艘玲珑精巧的微波驱动飞碟，目光就移不开了。

"阿姨，我还没有驾驶过这种飞碟呢，让我试试吧。"

我说："不准胡闹，你这个冒失鬼，想把咱们从天上摔下来吗？"

狡猾的小勇仍采取迂回作战的方式，央求地望着莎迪娜。

"你敢吗？"莎迪娜逗他。

"敢！"

"你不怕把咱们从天上摔下来？"

"不怕！"他连忙改口，"不会，绝对不会，我从 5 岁起就驾驶单人飞行器了！"

莎迪娜回头低声对我说："让他驾驶吧，这种飞碟是很安全的，对于危险操作能自动终止。"

我点点头，小勇立即容光焕发，拉着阿姨详细询问了操作要领，10 分钟后，他就驾驶着飞碟上天了。

无数微波光束从地面上发射过来，组成无形的光网。飞碟从网上汲取着能量，在松软的白色云层中钻入钻出。脚下是密密的高架单轨路，有翼飞车在轨道上穿梭，织出一片白光。远处，太空升降机正用强度极大的碳纳米管缆绳快速下放一个圆形乘员舱。莎迪娜说，升降机里肯定是月球太空城里来的代表。这次来的 21 名代表中，有 10 名是自然人，10 名是量子人。我扭头看看她的倩影，感慨道：

"30 年前我采访了世界上第一个能自我设计、自我更新的量子机器人，那时它还是四肢僵硬、方脑袋、头上装碟形天线的笨家伙。当时有一种观点认为，机器人的形态设计要力求实用，能用一只眼睛看东西就决不要第二只。我儿子——他是奥德林最喜爱的一名弟子——就是这种理论的信奉者，他为第一个量子人输入了类似的自我优化程序。我没有想到今天的量子人……怎么说呢，比真人还像真人。"

莎迪娜笑道："我想这是量子人的寻根心态在作怪，归根结蒂，也是硅文化对碳文化的仰慕。"

小勇一直在聚精会神地驾驶飞碟，这时他扭头说："爷爷，阿姨，三亚航空站已经到了，我现在开始降落。"

脚下是陆地的尽头，浩瀚的大海包围着一片旖旎的椰林风光。飞碟擦过椰林，降落在机场。走下飞碟，小勇一眼就看见了爸爸："爷爷，爸爸在那儿！"

儿子正在一架巨大的同温层飞机的舷梯旁同一个怪物说话。那怪物单臂，单眼，单耳，无足，用气垫行走，用一只独眼傲然地扫视机场。莎迪娜说："这是量子人的首席代表 RB\U35 先生。"她笑道："他倒是令郎那套实用主义哲学的身

140

体力行者，至今拒不采用自然人的容貌。像他这样的量子人已经很少见了。"

儿子同那个怪物谈得很融洽，还不时打着手势。他把怪物送进迎宾车辆，这时另一架巨大的扑翼式飞机降落了，舷梯放下后，儿子急步登机，5分钟后捧着一只银白色的大匣子走了出来。从他毕恭毕敬的神态看，我知道这里面一定是奥德林先生，或者说是奥德林先生的头颅。

他把匣子送到一辆无人气垫车中，气垫车平稳无声地开走了。他这才看见我们三人，赶忙迎过来："你好，爸爸；你好，莎迪娜小姐；还有你。"他拍拍儿子的头，"爸爸，你怎么把他也带来了？"

他把小勇搂到身边。看着这一对父子的神态是蛮有趣的，他们在全息通信系统中已经非常熟悉了，但分明是陌生人，盈盈父子情中有掩不住的生疏。我端详着儿子，他的鬓边已有银丝，目光清澈，表情沉稳，只是眉尖暗锁忧色。我知道，作为会议的东道主，他的肩上担子是很重的。20年的马拉松研究马上就要得出判决，他的心情复杂程度可想而知。

没等我回话，小勇抢先说："爸爸，我是会议列席代表，是未来派的代表呢。"

我向儿子简单地解释道："这是佐藤先生的好意。林儿，刚才你送走的是奥德林先生吗？"

"对，准备今晚让他复活。你们先回宾馆休息。与会代表的一些背景资料已经输入宾馆的电脑，晚上你们可以先熟悉一下。"

"你可否安排一下，让我先和20位代表见见面？"

儿子歉然说："恐怕不行。在这次秘密投票前，他们不愿意会见任何人。明天在会场即时采访吧。"他送我们上了车。

在路上，小勇不停地问："爸爸，奥德林教授是什么人？很伟大吗？他能复活几次？"

莎迪娜把小勇拉在怀中，低声回答他的问题。她似乎天生具有母亲的本能，很难想象她实际上是一个中性的机器人。我想起来了，刚才儿子谈话时，莎迪娜一直反常地沉默，目光执拗地追随着我儿子。她酡红的面颊上，幽深的双瞳里，到处洋溢着盈盈的爱意。她真的爱上我儿子了吗？我没有料到"中性"的量子人也能进化出感情程序。

儿子为我们安排的寓所很漂亮，半球形的墙壁上用全息技术显示着洁白松软的沙滩和青翠欲滴的椰树。莎迪娜小姐把小勇领走了，我从电脑中调出20名与会代表的资料，聚精会神地看下去：

奥德林（2110—2188），著名的理论物理学家和实验物理学家，量子机器人之父，在超弦理论及磁单极的研究上极

143

有建树。

RB\U35（2179—）擅长粒子加速器的研究，他研制的小夸克（leptoguark）加速器是开发真空能试验的关键设备。

司马林（2143—）专事真空能的研究，三亚真空能研究所所长。

德比洛夫（2138—）科学家，著名未来学学者，世界政府未来发展部总顾问。

RB\金载熙（2182—）宇宙物理学家，蛀洞旅行的实际开发者。

……

我看完资料，发现其中的自然人代表我大多熟悉，量子人代表也多闻其名。可以说，地球科学界和思想界的精英全数集中到这里了。

这时电话铃响了，儿子在电话中歉然地说："爸爸，我本该去看望您的，但我想还是您来吧，我们准备复活奥德林教授，希望您和莎迪娜在场。"稍停，他又补充道，"把那位未来的小代表也带来吧。"

30年前，奥德林教授是夏威夷UCJRG基地的主管。UCJRG是美、中、日、俄、德五国国名的首字合成词。他们协力开发0.05微米线刻宽度的量子芯片，每年科研投资为

8000 亿美元，这是任何国家都无力单独承担的。我想，正是这次卓有成效的合作，提供了日后国界消亡、成立世界政府的契机。

林儿大学毕业后就到 UCJRG 基地工作。2168 年夏天，我去美洲采访归来，在夏威夷做了短暂停留。我没有事先通知儿子，想给他一个意外惊喜，结果我有幸撞上了科学史上最激动人心的时刻之一。

警卫同内部通话后，把我领到一个小小的餐厅内。餐厅很简朴，同基地内其他美轮美奂的建筑不大协调。我的一只脚刚踏进门，就听见一片欢呼声，儿子紧紧把我抱住，几十个年轻研究人员都举起香槟围着我，邀我共同干杯。这些平素礼貌谦恭的雅皮士们今天都很忘形，在这间小小的餐厅里挤挤撞撞，不少人已有醉意，步履蹒跚。我把杯中酒一饮而尽，笑道："酒是喝完了，总得告诉我庆祝的主题吧。"

人群中只有两个人显得与众不同，一个是 50 多岁的白人男子，也举着酒杯，但目光清醒，兴奋的众人时时用目光追随着他。我猜他一定是儿子的导师奥德林先生。另一个就是世界上第一位量子人，就是那种方脑袋、四肢僵硬、装着碟形天线的怪物。儿子告诉我："第一个量子人已经诞生了。我们原想小小地享受一下研究者的特权——暂不向世界宣布，把这点快乐留给自己尽情享受一晚。爸爸，您真是最幸运的记者，恰在这时闯了进来。奥德林先生决定把这条新闻的独家采访权留给你。"

奥德林教授穿着一件方格衬衫，领口敞开，笑嘻嘻地向我伸出多毛的手。我感激地说："谢谢，谢谢你给我的礼物，它太珍贵了。"

"不必客气，是你的 Good luck。"

我第一个采访的是那位方脑袋的量子人 RB＼亚当，那时在心理上我还未能把他视为同类。他不会喝酒，一直端着一只空杯，两只电子眼冷静地看着我。

我立即切入正题："RB＼亚当先生，你作为一项世纪性科学成就的当事人，请向一个外行解释一下，为什么计算机芯片的线刻宽度降到 0.05 微米之下，就有如此重要的意义？"

RB＼亚当先生的合成声音非常浑厚，他有条不紊地说："记得上个世纪 50 年代，一位著名的科幻作家阿西莫夫曾经敏锐地指出，计算机技术的发展肯定有一个转折点，即：一旦制造出复杂得足以设计和改进自身的机器人，就会引发科技发展的链式反应。当芯片线刻宽度从 0.193 微米、0.13 微米下降到 0.05 微米时，正好到这个临界点。我就是这个幸运者。从今往后，机器人族类就能自我繁殖和进化了。"

"刚才有人告诉我，这种芯片将引入量子效应。"

"对，自然人的大脑里就有这种效应。直觉、灵感、情感和智力波动，从本质上讲与量子的不确定性是密切相关的。今后量子人的思维将更接近人类——某些功能还要强大得多。那种永不犯错误但思维僵化的机器人不会再有了。"

我笑道："你会不会偶尔出现 $2 \times 2 = 5$ 的错误？"

RB＼亚当也笑了，简单地反问道："你呢？不，我说的错误是高层次的错误，是量子效应在宏观级上的表现。"

我在屋中采访了十几个人（包括林儿），凭着多年首席记者的敏锐，我已对这项成就有了清晰的认识和自己的判断。然后，我才回头采访本次事件的主角。我坦率地说："教授，请原谅我的坦率。我首先要向您道喜，但随即我还要说出我的忧虑。"

教授咬着一只巨大的烟斗饶有兴趣地说："请讲。"

"采访了您的十几位助手后，我有一个强烈的感觉，科学研究是越来越难了，过去，阿基米德洗澡时可以发现浮力定律，莱特兄弟可以在车棚里发明飞机。所以，科学可以是大众的事业，其数量之多足以自动消除其中的缺陷：安培因操作失误未发现电磁现象，法拉第又重新发现了；前苏联的洲际火箭爆炸事故使160名科学精英毁于一旦，但还有其他的苏联科学家和其他国家的科学家来继续这项事业。但现在呢，科学研究如此昂贵和艰难，使许多项目成了独角戏。这难免带来许多不稳定因素：万一你们的研究方向错了？领导者恰好是一个笨蛋？海啸毁了你们的基地……就很难有效地得到补偿了。恐怕随着科学的发展，这种情况还会加剧。那么，人类命运不是要托付给越来越不稳定的因素吗？"

奥德林教授听后久久不说话，只是定定地看着我。我们之间长达 20 年的友谊和默契就是从此刻开始建立的。他的弟子们都围过来，等着他的回答。很长时间之后教授才说："这正是我思考了很久的问题。我很佩服你，你作为一个非专业者也敏锐地发现了它。不错，人类在征服自然时，自然也在悄悄地进行报复。当人类的触角越伸越远时，世界的不确定性门槛也在悄悄加高。一个简单机械如汽车可以有 99％ 的可靠性。但一架航天飞机呢，尽管它的每一个部件的可靠性高达 99.9999％，整机的可靠性却只有 60％。"他摇了摇头，"这个过程无法逆转。一个系统越复杂，量子波的不确定性就越向宏观级拓展。这实际上是宇宙不可逆熵增过程的另一种描述。"

奥德林教授的话像一股灰色的潜流渗入周围的喜悦中。他的悲观非常冷静，唯其如此，它给我的震撼也更强烈。我多少有点后悔自己提出这个大煞风景的问题，便勉强笑道："我不该提出这个不合时宜的问题，喂，忘了它，让我们再一次举杯庆祝！"

奥德林教授磕掉烟灰，重新装上哈瓦那烟丝，豪爽地笑道："当然要庆祝。人人都要死的，但谁要终生为此忧心忡忡，那肯定是一个精神病人。来，干杯！"

走进儿子的实验室，我才从回忆里走出来。儿子端坐在手术台前，一位穿白大褂的医生正忙着调整各种奇形怪状的仪器，它们与常用的氧气瓶和心脏起搏器毫无共通之处。那个银白色的匣子放在手术台上，已经用复杂的管路同生命保障系统相连。儿子示意我们三人坐在他身后，简短地说："开始吧。"

银白色匣子慢慢打开，立刻从里面冒出浓重的白雾，这是低温液氮蒸发造成的。医生启动了加热系统，对奥德林教授的头颅快速加热，一条管线向里面泵着加过温的血液。白雾渐渐消散，我看到了他的面孔，似乎在瞑目沉思，随后，苍白的脸色逐渐泛红，智慧的灵光荡过整个面孔。他打个香甜的呵欠，慢慢睁开眼睛，两道锐利的目光略微扫视后定在儿子身上。

"司——马——林？"他缓缓地问。

儿子早已站起来，热泪盈眶："奥德林老师，我们又见面了！"

奥德林嘴角泛出微笑"我真想拥抱你，可惜没有手臂。你身后是令尊司马金先生吗？"

我挤过去，在这种情况下同老朋友见面，我既无法抑制狂喜，也无法排除从心底潜涌出的悲凉。我勉强笑道："你好，老朋友，一觉睡了 10 年，你还没有忘记我这个爱吹毛求疵的老伙计。"

儿子慢慢平静下来，向他介绍在场的人员："这是您的保健医生迭戈先生。"

"谢谢，你在我梦中一直照看着我。"

迭戈说："不客气，能为您效劳是我的荣幸。"

"这是记者 RB\ 莎迪娜小姐。"

教授微微颔首："你好，漂亮的量子人小姐。在我死亡前，量子人还都是一些不修边幅的家伙。"

莎迪娜微笑道："谢谢您的夸奖，量子人的老祖父。"

小勇从身后挤过来，"还有我呢，奥德林爷爷，我叫司马勇，也是这次会议的列席代表。"

"好孩子，让爷爷亲亲你。"

小勇踮起脚，让爷爷亲亲他的面颊，教授目光中充满慈爱，他转向医生："医生，我的烟斗呢？"

"在这儿呢，按您去世前的嘱咐，我们一直精心保存着它。"

奥德林示意迭戈把烟斗插入他口中，这时他已从长梦乍醒中恢复正常了。他说："司马，切入正题吧，你把我叫醒，有什么重大的关系人类命运的问题吗？"

"是的，我们期望您的睿智帮助我们作出一项重大抉择。"儿子停顿下来。我想儿子肯定已经为这个时刻作了详尽的准备，但他在回答教授之前仍有片刻踌躇。

教授突然笑着打断他："慢着，还是让我先猜一猜吧。刚才你们说，我这一觉睡了10年。如果是10年的话，我想，你们面临的问题不外乎两方面。第一，"他盯着莎迪娜，"量子人和自然人发生了战争或是冲突，但我想不大可能。从RB\ 莎迪娜小姐的外貌，就能看出量子人对自然人强烈的认同感，我甚至在小姐对司马林的注视中发现了爱情的成分。"他笑道。莎迪娜瞟了我儿子一眼，从他们心照不宣的目光来看，在此之前他们肯定有过较深的交往。我暗暗佩服老人敏锐的观察力。

"您说得完全正确。10年来，自然人和量子人已完全融合在一个社会中，一些科学前辈的担心幸而未成事实。"我儿子回答。

"排除这一条，第二，很可能就是你的老本行了：真空能的开发及其引发的宇宙坍塌。"

儿子点点头，在他说话前，我迅速截断他的话头："林儿，和奥德林教授谈话时，请记住这里有两个不太懂科学的记者，他们还要向80亿科学的外行写报道。希望你说得尽量浅显。"

"好的，爸爸。"儿子略微思考了一会儿，说，"奥德林教授，正如您生前预言的，10 年来的科技爆炸、宇宙开发很快耗尽了地球的能源，好在真空能开发迅速，现在已经进行到这一地步：万事俱备，只需按一下电钮就可以进行首次试验了。"他转身向我，下面这一段话主要是对我说的，"早在 1980 年，科学家德卢西亚就猜测，我们所谓的真空实际是蕴含极大能量的伪真空，是一种长寿命的亚稳态。虽然它自宇宙诞生后已存在 150 亿年，但这种安全感是虚假的。一旦出现一个很小的哪怕只有夸克大小的真空泡，由于周围伪真空的巨大能量和压力，这个泡也会在 1 微秒的时间内湮灭成一个时空奇点。它将以光速扫过整个宇宙，死光所经之处，宇宙所有事物都会彻底毁灭。这些年，令我们绞尽脑汁的，倒不是真空能的开发——早在 10 年前我们就研制成功足以激发伪真空的小夸克环形加速器，而是把激发限制在某一安全区域的技术。教授，这种技术我们已经有了，也经过尽可能详尽的理论证明。但理论证明终究代替不了试验，可是，一旦实验证明我们是错的，人类就没有可能补救了，那时，地球、太阳系、银河系乃至整个宇宙都会在一声爆炸中化为一锅粒子汤。奥德林老师，我们面临的就是这样一种两难局面：我们需要实验，但我们又不敢实验。现在，全世界最杰出的 20 名自然人和量子人科学家已云集这儿，明天举行秘密投票，来决定是否按下这个电钮。世界政府希望您参加并主持这次投票。"

直到这时,我才知道自己参加的是怎样严酷的采访。我暗暗诅咒佐藤先生挑中了我。我宁可品着美酒,听着轻音乐,在不知不觉中迎来那道死亡之波,也不愿意这样清醒地面对它。

奥德林教授很久没吭声,最后他说:"噢,我忘了把烟斗点上了,劳驾哪一位?"

在场的人都稍显尴尬。地球上已经消灭了吸烟,所以也忘了准备打火机,迭戈医生立即站起来去取,但小勇却解决了这一难题。他举起一只打火机,在全场人的注视下得意地说:"爷爷,我这里有!"

我不禁哑然失笑,我怎么忘了这个小纵火犯呢。他从小就对玩火有强烈的迷恋,犹如一种宗教上的狂热,或者是第一只学会用火的类人猿把灵魂附到了他的身上。后来,他父亲特地设计了一些饶有趣味的科学游戏,像"托起一个冷太阳"等,才把他的注意力转移开去。这会儿,他笑嘻嘻地挤上前,为老人点上烟,还老气横秋地教训道:"爷爷,地球上已经消灭了吸烟,吸烟有害身体健康。我只点这一次,以后可不许你再吸了!"

教授哈哈大笑,嘴角的烟斗跳动着,银匣子的通气管也抖动起来。稍停,他问我儿子:"世界政府是否派代表参加?

投票结果是否立即付诸实施？"

儿子说他们不参加的，教授笑骂一句："这些滑头。"便陷入沉思。儿子使了个眼色，我们都悄然退出。

与相对简朴的住室和餐厅相比，基地的学术厅却是高大巍峨，穹窿形的圆顶，明黄色的墙壁，淡咖啡色的柚木地板。大厅里空旷静谧，一个能容 80 人的卵圆形长桌放在大厅中央，显得相对渺小。

在休息室我同 20 名代表都见了面。我想他们在投票决定人类命运时，心里绝不会不起波澜，但他们都隐藏得很好。10 名自然人我大都认识，逐个向莎迪娜作了介绍；反过来，她也向我介绍了 10 名量子人。小勇同科幻作家吴晋河最熟，他立即黏上吴伯伯。8 年前，吴写过一篇《逃出母宇宙》，描写宇宙末日来临时一群宇宙精英如何努力创造一个"婴儿宇宙"，并率领部分人类逃向那里。文中关于宇宙大爆炸后几个"滴答"（每一个滴答为 10^{-34} 秒）内的情景，对蛀洞、时空奇点、时光倒流等都有极逼真的描绘，以至世界政府未来及发展部把它推荐为青少年科普教材。世界政府需要作出某种重大抉择时，吴晋河也常是座上贵客。

这时，我把他拉到一边，悄声问："你对投票结果能否作一个预测？"

他习惯性地甩一甩额发，微笑道："估计票数非常接近。但你不必担心，这次投票的结果不会对自然进程有什么影响。"

我惊奇地问："你是说，投票结果不会付诸实施？"

"不，世界政府已经授权，如果投票结果是同意，将在会议后立即启动按钮。我只是说，不管是什么样的结果，自然进程都将按自己的规律进行，我们不是上帝。"

我骂道："你这个虚无主义者，玄学家，玩世不恭的家伙。世界政府真不该选你来，浪费这宝贵的一票。"他笑一笑，没有再说话。

开会时间到了，20个人鱼贯走进会场，在圆桌旁坐定。奥德林的头颅被放在圆桌中央一个缓缓转动的底座上。他嘴角仍噙着那只著名的烟斗，用目光向各位代表打招呼。

我们三人坐到列席代表席上，小勇似乎感受到会场上那种肃穆庄严略带滞重的气氛，不安分地在座位上扭来扭去。看见奥德林爷爷的烟斗没有点燃，他又摸出打火机站起来。我一把拉住他，把他摁在座位上。一个低级仆役机器人走上前为教授点上烟斗。

一声锤响，会议正式开始。奥德林用炯炯的目光扫视众人，说："很感谢你们唤醒我参加并主持这次会议，但我宣布，我将不参加投票。科学家们都知道克拉克定律：一个老科学家对一个全新的问题作出判断时，如果他说'是'，他的意见常常是对的；如果他说'不'，有70％的可能是错的。因此，我不想影响你们的正确决定。"

我和萨迪娜交换着眼神，从教授的话意中听出，他应该是反对派。教授又说："恐怕票数相当接近，那么我们要事先表决一下，这个问题的通过，是按简单多数还是2/3多数？请大家考虑一下。"

十分钟静默。教授说："同意简单多数的请举手。"

20条手臂齐刷刷地举起来。不，是21条，小勇把手举得比谁都高。莎迪娜忙把他的手臂按下来，轻声笑道："小糊涂，你是列席者，不能举手的。"

小勇很不服气地放下手臂。教授也看到这一幕，嘴角漾出一波笑纹。他接着说："很好，看来至少在这一点上已达成了共识：这个决定不能再推迟了。我还有一点建议，科技的发展使我们面对着越来越复杂的世界，很多问题已不能用简单的'是'或'否'来对待。我冒昧地建议每人按15票计算，完全赞成，15：0；完全反对，0：15；弃权，7.5：7.5，或者是5：10，8：7，等等。我想这样更能正确反映统计学的内在禀性。大家同意吗？"

从20个人的目光中可以看出他们对这个问题没有准备，都觉得很新奇。但教授让表决时，他们也全都举起手。

"好，第三点，我想每个人在投票时应对自己的观点作最简要的说明，但票数要秘密统计，以免影响后续投票者。大家同意吗？"

代表们也同意了。教授等转盘转到面向我时说："监票计票就偏劳二位了。另外，"不知为什么，他苦笑一声，"请原谅一个老人不合时宜的童心。我准备了 300 枚硬币——正好是 20 个人的总票数，呶，就在那个匣子里。请司马勇先生把它们充分摇荡后撒在地上，然后统计一下它们的票数。至于究竟是以正面为赞成，还是以反面为赞成，就由司马勇先生自己定吧，只要这个决定是在统计之前作出就行。这只是一个游戏，它的结果没有任何法律意义。"

我很纳闷，不知道老朋友这个举动的含义，当然我相信他绝不会是童心大发。小勇很久才醒悟到"司马勇先生"就是指他，高兴得有点忘形了。他立即起身，从桌旁拿过那个小匣子，举在头顶使劲摇荡。在空旷的大厅里，硬币的撞击声十分清脆悦耳。他打开匣盖，把硬币哗啦一声撒在柚木地板上，有银白色的，金色的，有戈比、克朗、人民币……代表们饶有兴趣地看着它们在地上滚动。

这时，又响起小勇清脆的童音："我决定，反面硬币为赞成票。可以吗，爷爷？"

"可以。现在请你开始统计票数，等我们投票结束后你再宣布。我相信你不会数错的。"

"当然！"

"那么，我们开始吧。请东道主司马林先生第一个发言。"

众人的目光都转向我儿子，他清癯的面孔微微发红，看来是在努力抑制自己的内心激荡。屋里很静，小勇正在极轻地数着："12，13，14……"莎迪娜下意识地攥住我的手，目不转睛地看着我儿子。

"我想大家都清楚，如果几年内真空能的利用不能付诸实施，人类社会就会迅速衰退，宇宙开发和移民计划将被搁置。"我儿子开始陈述，"而且，我们已为激发真空能的安全措施作了尽可能详尽的考虑。我想，只要我们的真空能理论是正确的，那么建立在这个理论基础上的安全措施也必然是正确的。换句话说，只要真空能确实存在，我们的安全措施理论上也应该有效。我想，人类不会为这么一个不确定的危险就永远束足。"

他按下投票钮，只有我和莎迪娜能从电脑屏幕上看到他的票数：11∶4！我暗暗诧异。我知道他肯定投赞成票，但我没想到他并未投15∶0。也就是说，即使对开发真空能最为激进的司马林也还有几丝疑惧。

第二个发言的是那个单臂单眼的RB\U35先生，他用浑厚的男低音说："再详尽的考虑也不能完全排除这个实验的危险内禀。"他这句话显然是对儿子的驳难，"但既然宇宙诞生后这个伪真空已安全存在了150亿年，相信在那150亿年中，因种种原因而激发一个真真空泡的几率绝不会是零。既然宇宙至今尚未毁灭，那我们当然可以进行这个实验。"

他按下了投票，10∶5。

未来学家德比洛夫是一个干瘦的老头儿，满头白发。他也是著名的科普作者，他书中洋溢的乐观精神和对未来的憧憬曾激动了亿万孩子的心。但今天他的谈话似乎暗含阴郁："人类有诞生就会有灭亡，正像人有生有死一样。我不会因为必然的死亡就放弃生活的乐趣，不会因担心可能的车祸就不敢出门。"

他按下电钮14∶1！这个语含悲怆的老人竟是最坚定的赞成派！

从前几位投票者来看，赞成派占明显优势，似乎奥德林的预测并不准确。教授看不到投票的票数，他表情沉静，悠闲地吸着烟斗，一缕青烟袅袅上升。

接下来是吴晋河发言："科学的发展导致了今天这样的小集团独裁，世界命运竟需要投票决定，这件事情本身就是世界不确定性的反映。我们不要指望用内禀不确定的投票来消除这种不确定性。"

7.5∶7.5！他投了弃权。

RB＼金载熙，一个英俊倜傥的标准美男子，他是昨天才

从月球返回的，这个当代麦哲伦通过蛀洞旅行曾到达 30000
光年外的银河系中心。他的发言相当尖刻："谁像我这样看遍
广袤荒漠的宇宙，谁就会对地球这个唯一的生命摇篮倍加珍
惜。与 300 万年的自然人类生命、40 亿年的生物生命相比，
诞生近 30 年的量子人还是一个尚未坠地的婴儿，我们强烈地
希望活下去，即使放弃科学进步也是值得的。"

3：12，这是第一个反对者。

山田芳子，逻辑学和心理学博士，是 10 名自然人中唯一
的女性代表，她说："宇宙和时间是无限的，但我们迄今未发
现地球文明史前的高科技社会。为什么？只有一个解释：在
宇宙的进程中，毁灭是周期性发生的，毁灭是一个实实在在
的危险，我们不要轻易撩拨它。"

4：11，又一个反对者。

RB \ 丘比若夫，这个数学家侃侃而谈："一个复杂系统终
究是不可控制的，人类一方面在卓有成效地增加科技社会的
复杂性；一方面又想用投票来中止某种进程，这种愿望是不
现实的。我们要发展科学，就必须接受它的副作用。"

13：2。

……

20 个人都投完票，静默中，我几乎不敢按下电脑的求
和键。

这时，奥德林教授说："在司马金先生和莎迪娜小姐公布票数之前，我们把那个游戏进行完吧。司马勇先生，你把硬币的票数统计完了吗？"

小勇抬起头认真地说："数完了，是153票赞成，147票反对。我又复核两遍，肯定没有错。"

"好吧，请把这个票数写在投影屏幕上。"

这几个字是用手写体打入屏幕的，人们都仰面看着这几个稚拙的数字，没有人说话。"现在，请司马金先生公布投票结果。"

我终于按下求和键：赞成票，152.5；反对票，147.5。

会场一片静寂。我的视线对准儿子，他胜利了，可以去启动那个耗时几十年的试验了，但他脸上了无喜色。赞成和反对的票数如此接近，而且世界上20个最杰出学者的投票结果，竟与"骰子"掷出的点数如此接近，这使他们感到惶惑。

奥德林说话了，声音很苍凉："也许我决定自己不参加投票是一个错误，因为我的票很可能会改变投票结果。不过，这种难以预计的错误，本身就是社会发展正常进程的有机组成部分。让我们尊重上帝的选择吧。我宣布，按投票结果，授权司马林先生立即进行激发真空能的实验。"

实验的控制大厅就在不远处，在蜂房一样的仪表和监视屏幕中是一块高大的控制板，上面有一个绿色按钮、一个红色按钮。工作人员介绍，绿色——能量储备；红色——启动。没有通常的停止按钮，这个实验是不需要停止也不能停止的。

儿子命令工作人员按下绿钮，立刻耳边响起隐隐的嗡嗡声。在这十分钟里，全世界的电力绝大部分输往海南，储存在一个巨大的环形超导体内。数十亿安倍的电流在那里不断地流动，逐步增强，环状电流产生的强大磁场使这儿瞬间成为地球的磁极。

我知道，只要把红色按钮再摁下，这些有史以来最强大最集中的电力将在瞬间涌入环形加速器，它们推动着小夸克在长达 500 公里的环形轨道内加速到光速，并与逆向的光速粒子碰撞，在那儿形成一个以纳米计的极微小的真真空穴。在这个小小的真空泡中，将重现宇宙大爆炸后仅几个"滴答"的极端条件，极高温度和极高压力使小泡内的所有物质分崩离析，形成一锅沸腾着的粒子汤。然后……然后又该怎样呢？

我们都肃立在大厅中，奥德林教授的头颅也被小心地移过来。从监视屏上看，强大的磁场造成紫色的辉光，试验区内所有鸟儿的导向系统都被干扰，像炮弹一样向地面上坠落。这时屏幕上打出一行绿色的大字："能量储备已完成，请进行后续程序。"

儿子站在控制板旁，所有人都盯着他，等着他按下那个红色电钮。儿子犹豫着，显然是临事而惧的样子。他向我转过身，轻声说："爸爸，我想让小勇来摁下启动按钮。"

我忙瞟一眼小勇，愤怒地低声喝道："你疯了！你竟让一个 7 岁的孩子来承担这个责任！"

儿子微微笑道："爸爸，我是想让小勇的名字和历史上一个最伟大的瞬间联系在一起。你不必担心，如果……那时我们也不会自责了。"

小勇的耳朵十分灵敏，尽管我们的声音很小，但他已经听到了，兴高采烈地说："爸爸，是不是想让我摁电钮？我来！我来！"

生怕我再反对，他连窜带蹦地跑过来。莎迪娜看看我儿子，也跟过来。那个电钮较高，小勇够不上，莎迪娜把他抱起来，大厅中响起一个清脆的童音："爸爸，是这个按钮吗？爸爸，我要摁下了，行吗？"

他扭过头，急不可耐地看着爸爸。我看见儿子深吸一口气，决然说："按吧！"

小勇正要按下，忽然想起什么，他扭回头，满脸通红，羞怯地、声音极低地说："爷爷，还有奥德林爷爷，我错了。"

我十分纳闷："什么错了？"

"硬币的票数说错了，我没有数错，但我把什么是赞成、什么是反对记反了。应该是 147 票赞成，153 票反对。"

我对他的马虎又是好气又是好笑。教授笑道："你这个小糊涂。不过，我已经说过，那只是一个游戏，它的票数没有什么法律意义。往下进行吧。"

儿子又深吸一口气，重复道："小勇，启动吧！"

小勇咯咯笑着用力按下那个按钮。我听见那些急不可耐的电子魔怪嘎嘎怪叫着冲出囚笼，沿着加速器的环形轨道狂奔而去。在轨道尽头的撞击中，那个小小的真空泡即将诞生。而世界80亿人的绝大部分对此一无所知，他们仍在听音乐，跳舞，野游，亲吻儿女，拥抱恋人。除了大厅里的人，知情的只有少数世界政府首脑，他们这会儿一定也守在幕前，屏住呼吸等待那一刻。我想佐藤先生一定在心里重复着对我说过的那句祝福：Good luck。

注

1.冷聚变：指在常温下实现的轻核聚变。轻核（如氘核）的聚变能产生巨大的能量，但目前只能在高温（1亿摄氏度）及高压的极端条件下才能进行，无法用于和平目的。1987年，美英两位科学家声称在实验室中实现了常温27摄氏度的核聚变，但其他科学家未能重复此结果。

2.碳纳米管：一种以纳米为尺度存在的碳的管状结构，由于它的晶体结构几乎没有缺陷，因而强度极大，硬度超过

金刚石。我希望它能满足太空升降机缆绳的特殊需要。又及，太空升降机是异想天开的设想，该升降机将系在月亮上，依靠月亮轨道的长短轴之差无动力地提升物品。不过由于缆绳太长，即使用目前强度最高的材料制造，缆绳也会因自重而拉断。

3.超弦理论：这是为了把引力与其他三种力（电磁力、强力和弱力）统一而提出的一种假设。它认为宇宙中最基本的粒子像是小小的环，在低温下收缩为点，因而其为符合现今的低温物理学中关于点状粒子（无大小）的描述；而在高温下又扩展为具有特殊对称性的环，因而可能使引力在描述上与其他力统一。

4.磁单极理论：磁单极是一种"讨厌的"粒子，在各种尝试把自然力统一的理论中，必然出现巨量的磁单极，它会使宇宙质量比目前的估算值增大十亿倍，也没有观测证据表明它存在于今天。为了克服这个矛盾，一种暴涨理论说：我们的宇宙可能从一个极小的区域（不含或只含一个磁单极）暴涨而来。